Mark Boog

Mein letzter Mord

Mark Boog

Mein letzter Mord

Roman

Aus dem Niederländischen
von Matthias Müller

Die niederländische Originalausgabe erschien 2009 unter dem Titel
Ik begrijp de moordenaar bei Uitgeverij Cossee BV, Amsterdam.
© 2009 Mark Boog und Uitgeverij Cossee BV, Amsterdam

Erste Auflage 2012
© 2012 für die deutsche Ausgabe: DuMont Buchverlag, Köln
Alle Rechte vorbehalten
Übersetzung: Matthias Müller
Umschlag: glanegger.com, München
Gesetzt aus der Adobe Garamond
Druck und Verarbeitung: CPI – Clausen & Bosse, Leck
Gedruckt auf säurefreiem und chlorfrei gebleichtem Papier
Printed in Germany
ISBN 978-3-8321-9596-0

www.dumont-buchverlag.de

1 Anfang

Ich verstehe den Mörder. Das muss ich schließlich. Wenn jemand danach fragt – was übrigens selten vorkommt –, erkläre ich, dass er auch nur ein Mensch ist.

Manchmal denke ich, dass er der einzige Mensch ist, jedenfalls der einzige vollkommene Mensch. Der Mensch – eine Gewächshauspflanze, ein empfindliches Exemplar, das nur selten aufblüht, weil es nicht gut gepflegt wird, weil die Bedingungen nicht immer ideal sind. Die meisten weisen Flecken auf, sind übersät mit Läusen, gehen langsam ein. Wir wachsen krumm, wir wachsen gar nicht, so sind wir. Nur der Mörder ist anders. Er, besprüht mit einem Mittel, das zwar giftig ist, ihn aber vor jeglichem Verfall schützt, glänzt stolz vor sich hin, tut, was er tun muss, ist, was er sein muss.

Doch ich schweife ab. Zuerst muss ich mich entschuldigen. Für das Abschweifen, aber vor allem für diesen ungewöhnlichen Bericht.

Verzeihen Sie mir zunächst die Tatsache, dass ich ihn in Kapitel eingeteilt habe – eine Frivolität, nicht mehr, von der ich freilich erwarte, dass sie mir hilft, diese Arbeit tatsächlich zu Ende zu bringen. Allzu oft habe ich aus bloßem Mangel an Durchhaltevermögen aufgegeben, was ich nicht hätte aufgeben sollen. Von den Klavierstunden in meiner Jugend bis zu diesem Bericht: Alles, was mir etwas bedeutet, hat die Tendenz zu versanden. Ein Charakterzug, würde ich sagen. Ohne es richtig zu merken, fülle ich die üblichen Formulare aus, kritzle ein paar erklärende Worte dazu, um es loszuwerden. Diesmal nicht. Dies wird bis zum Ende durchgezogen, koste es, was es wolle. Dieses letzte Mal werde ich mich nicht an die Standardeinteilung des Polizeiberichts halten. Auch mit der chronologischen Reihenfolge werde ich es nicht so genau nehmen, obwohl ich vorhabe, diesen Bericht von Anfang bis Ende zu schreiben, ohne zurückzublicken. Das bedeutet einerseits, dass die Ereignisse logisch aufeinanderfolgen, andererseits aber auch, dass ich alles, was mir im Nachhinein einfällt, an der jeweiligen Stelle notieren werde. Ärgern Sie sich oder nicken Sie zustimmend, aber erwarten Sie nicht, dass ich mir ein beendetes Kapitel noch einmal vornehme, um es umzuschreiben. Ich bin jetzt alt, was sich zu meiner Überraschung in vielerlei Hinsicht als eine Rückkehr zur Jugend erweist. Die Zeit der Sorgfalt liegt hinter mir. Stapelt man die Sorgen hoch genug, entsteht eine Art Sorglosigkeit. Ich werde später darauf zurückkommen.

Verweise in die Zukunft werden ebenso wenig fehlen, allerdings nur, weil ich die Technik nicht beherrsche, alle Fäden in der Hand zu behalten. Ignorieren Sie die Kapitelüberschriften. Anmerkungen, Gedächtnisstützen, nicht mehr. Ich streiche sie nicht, weil ich keine Lust dazu habe. Für mich haben sie eine Funktion, was sie für jemand anderen bedeuten, weiß ich nicht.

Zur Erklärung: Was gesagt werden muss, muss gesagt werden, ob es nun passt oder nicht. Allerdings fördert bereits eine bescheidene gedankliche Erkundung jede gewünschte Interpretation, jede gesuchte Beziehung zutage. Ein Problem für den professionellen Fahnder, muss er sich doch ständig selbst misstrauen. Was freilich nichts daran ändert, dass dies als Polizeibericht dient. Ein ungewöhnlicher Bericht, denn ich befürchte keine Sanktionen mehr, aber trotzdem. Ich würde dir, Kommissar, dringend raten, jedes Wort zu glauben.

Schließlich, als vorerst letzte Entschuldigung, die unbeholfenen Anreden, die ich wahrscheinlich verwenden werde. Ich werde abwechselnd mit Du und Sie verschiedene Menschen ansprechen: meinen alten Freund, den Kommissar, mich selbst, einen imaginären Leser, vielleicht den Mörder. Der Kommissar lässt sich durch einen beliebigen Polizeibeamten ersetzen, einen Untergebenen, dem dieser Bericht zugeschoben wurde, weil der Kommissar andere Dinge in seinem kahl werdenden Kopf hat. Ich mache mir wenig Illusionen über das Ansehen, das ich in diesem Verein genieße, und unsere Freundschaft, falls sie jemals existierte, hat sich in Luft aufgelöst. Als Leser können Sie nehmen, wen Sie wollen, notfalls sich selbst, wenn Sie einer von denjenigen sind, die gerne angesprochen werden möchten, die den Kontakt und die Verantwortung nicht scheuen. Nur der Mörder ist nicht austauschbar.

Ich weiß nicht, ob dies eine Abhandlung wird, ein Protokoll oder ein Untersuchungsbericht. Ob dies als Anklage gemeint ist, als Entschuldigung oder als etwas anderes. Mein letzter Bericht wird jedenfalls endlich ein lesbarer sein.

Es ist reichlich spät. Meine Pensionierung rückt näher. Ich werde diesen Fall nicht lösen, und es gibt niemanden, der mir noch Vorschriften machen kann. Nichts ist sicher, abgesehen vom Alter, das mich plötzlich zu überfallen scheint. Eine Jugend habe ich kaum gehabt, weder eine glückliche noch eine unglückliche, zumindest kann ich mich kaum daran erinnern. Danach plätscherte das Leben so dahin, und jetzt, auf einmal, steht das Alter vor der Tür, lächelnd, ruhig, selbstsicher.

Man kann dieses Dahinplätschern auch als eine rund vierzigjährige Laufbahn bezeichnen. Ich war einundzwanzig, als ich hier den Dienst antrat, direkt nach der Ausbildung. Wenn ich nächstes Frühjahr in Pension gehe, bin ich fünfundsechzig. Man wird mir höflich danken, eine Torte, Kaffee, ein paar Bier vielleicht, und mich dann vergessen. Ich hätte ebenso gut nicht existieren können.

Ich will mich nicht beklagen. Ich habe nicht aufgepasst, das ist alles, und jetzt liegt das Berufsleben hinter mir. Die Arbeit war manchmal spektakulär, das Leben nicht. Ich habe die Verbrechen nicht begangen, ich habe sie untersucht. Das ist etwas ganz anderes. Und sogar das Untersuchen kam mir unwirklich vor. Es berührte mich nicht, ebenso wenig wie der Gegenstand der Untersuchung, scheint mir im Nachhinein. Ob das gut oder schlecht ist, das ist die Frage.

Dass ich dir lästig bin, ist jedoch offensichtlich. Warum hättest du mir sonst diesen Fall gegeben, diesen dreißig Jahre alten Mordfall, der damals zwar einiges Aufsehen erregt hat, aber jetzt niemanden mehr interessiert? Ich hatte noch ein paar Monate übrig, die sich auf diese Weise bequem füllen ließen. Ich klage nicht – ich klage nie –, und wenn du wieder daran denkst, in meine Richtung zu sehen, stellt sich heraus, dass ich schon weg bin. Nichts davon gemerkt. Er war ein guter Kollege, jedenfalls ein ruhiger. Ich nehme an, dass du mich nie erregt gesehen hast? Eine Laufbahn von über vierzig Jahren …

Eigentlich bin ich dir dankbar. Es war lehrreich. Ich werde dir meinen Befund erläutern, so unvollkommen er auch sein mag.

Ob er zum Handeln anspornen wird, kann ich schwer einschätzen, aber ich nehme an, dass es kaum der Fall sein wird. Vieles ist verjährt.

In aller Eile noch eine Entschuldigung: die Zeiten. Vergangenheit und Gegenwart werden manchmal durcheinandergehen. Mord (lange her), Untersuchung (vor kurzem) und Schreiben (jetzt) sind schwer zu trennen für einen Amateur auf dem Gebiet der Zeit, wie ich es bin. Vielleicht wird sogar die Zukunft gelegentlich auftauchen.

Ich erlaube mir einige Begeisterung und schreibe. Den Anfang und den letzten Satz – nicht vorblättern! – habe ich schon. Was dazwischen stehen muss, ist die Wahrheit. Alles andere ist inakzeptabel. Mal sehen, wie weit wir kommen.

2 Beginn der Untersuchung | Die Witwe

Nicht nur lobte die Familie des Opfers damals eine Belohnung für den sogenannten heißen Tipp aus – eine großzügige Belohnung, denn es war eine reiche Familie –, auch der Fall selbst wurde drei Jahrzehnte später in gewissem Sinne zu einer Belohnung. »Über vierzig Jahre treue Dienste«, sagte der Kommissar, »ohne ein unangemessenes Wort, ohne eine einzige Verwarnung, das verdient eine Belohnung.«

Vielmehr ließ er es sagen, denn er war in einer Besprechung. Einer seiner Untergebenen, dessen Name und Rang mir gerade entfallen sind, überbrachte die Nachricht. »Du erinnerst dich bestimmt an den spektakulären Mühlenmord-Fall vor dreißig Jahren. Nie vollständig gelöst. An Sicherheit grenzende Wahrscheinlichkeit, das schon, aber Sicherheit: nein. Der mutmaßliche Täter ist inzwischen verstorben, aber es nagt doch an jedem echten Polizisten, dass der Fall nie zufriedenstellend abgeschlossen wurde. Genau das Richtige für dich, findet der Kommissar. Du gehst bald in Pension, und das ist ein schöner Fall, ein großer, aber mit wenig Druck. Keine Eile, nicht zu viel Action, keine erstickende Verantwortung: schöne, altmodische, ruhige Spürarbeit. Du wirst alle deine Fähigkeiten noch einmal voll entfalten können, ohne die Anspannung, die uns allen manchmal zu viel wird.«

Ich nickte. Sie wollten mich also jetzt schon loswerden. Ich war teuer, nutzlos, ein Hindernis.

Und so befand ich mich nun in einer Aufholjagd. Ich hatte einen Rückstand von fast dreißig Jahren, aber ich machte mich auf den Weg, weniger aus Zuversicht als aus Pflichtgefühl. Ich würde zu einigen Notmaßnahmen greifen müssen, um echte Fortschritte zu verbuchen, ich würde Risiken eingehen, kürzere, aber ungebahnte Wege suchen, doch in gewissem Sinne gehörte das zur Arbeit. Dies war nicht anders, höchstens schwieriger, andererseits aber auch weniger dringend. Ich hatte Zeit, es wurde kein Erfolg erwartet – vielleicht nicht einmal gewünscht –, und ich konnte ohne Schuldgefühle ausführlich die Umgebung erkunden.

Zufällig – obwohl es in den letzten Jahren immer normaler wird – gibt es jetzt, da ich mit dem Mühlenmord beschäftigt bin, eine Reihe schwerer Fälle, die großes Interesse in den Medien hervorrufen. Mord, Vergewaltigung, Entführung, entflohene Gefangene, bewaffnet und gefährlich, Abrechnungen im sogenannten kriminellen Milieu, Anschläge: das Übliche, aber schlimmer als sonst. In der Dienststelle herrscht beachtliche Betriebsamkeit, alle rennen und schreien aufgeregt herum.

Ich sitze in meiner Ecke über einen Stapel alter Papiere gebeugt. Mein Telefon klingelt nie, klingelte auch früher selten, und wenn ich für einen Spaziergang in die Stadt gehe, brauche ich nicht um Erlaubnis zu fragen. Es fällt nicht einmal auf. Ich laufe ein bisschen herum, tue meine Pflicht, tue Dinge, die niemand außer mir selbst als meine Pflicht betrachten würde. Ich habe viel nachzuholen.

Die Stadt: ein Nest. Es ist dunkel, es wird endlich kühler, und ich laufe immer noch herum. Die Straßen sind verlassen. Ich habe die Hände in die Taschen gesteckt. Die Schultern hochgezogen, den Kopf auf Nachdenken eingestellt, sehe ich mich um. Die meisten Gardinen sind zugezogen, Kunstlicht rieselt hindurch. Jeder ist zu Hause und wärmt sich. Man denke sich die Bildschirme weg, mache offene Kamine daraus, und überall herrscht Geborgenheit. Mama starrt auf ihre Hände, Papa verprügelt die Kinder. Wärme.

Die Stadt ist ein Nest, in vielerlei Hinsicht. Man kann herausfallen oder aus Ängstlichkeit zu lange darin hocken bleiben. Aber auch in einem anderen Sinne stimmt das Bild: Die Stadt ist ein Brutnest, in dem langsam große, schreckliche Dinge entstehen. Wäre es strafbar, Pläne auszubrüten, wären die Gefängnisse noch voller als jetzt und die Wohnzimmer leer.

Nachdem ich alle Fakten zusammengetragen hatte, die ich in alten, verrosteten Aktenschränken und einem antiquierten Computer finden konnte, stattete ich als Erstes der Witwe des mutmaßlichen Mörders einen Besuch ab. Das tat ich, noch bevor ich den eindrucksvollen, ziemlich staubigen Stapel Papier ganz durchforstet hatte.

Vor dreißig Jahren war in einer Lokalzeitung – auch alle Presseberichte hatte ich gesammelt, und dieser lag ganz oben – ein ganzseitiges Interview mit ihr erschienen, mit einem Foto. Es war ein offensichtlicher Versuch, ihren Mann freizubekommen, aber sie schien nicht dumm zu sein. (Hässlich war sie bestimmt nicht.) Übrigens hatte der Versuch Erfolg: Ein paar Monate später wurde der Fall neu aufgerollt und ihr Mann aus Mangel an überzeugenden Beweisen freigelassen. Eine Blamage, an die ich mich gut erinnere und über die ich schon damals grinsen musste. Ihr Vorgänger hat ganz schön geschwitzt, Herr Kommissar. Seine gequälte Grimasse würde bei jedem Mitleid erwecken, der für so etwas anfällig ist. Niemand kam ihm zu Hilfe.

Zwar zweifelte kaum jemand daran, dass der Mann schuldig war. Alles deutete darauf hin. Aber ein Beweis ist etwas anderes, er hat unwiderlegbar zu sein und auf legale Weise erbracht zu werden, auch wenn der durchschnittliche Polizist – und der Polizist ist immer durchschnittlich, das ist er der Gesellschaft schuldig – das gern vergisst. Ich nenne ihn hier X. (Den Mörder, nicht den Polizisten.)

»Kennst du das«, fragte sie einmal, »du weißt, dass du etwas nicht tun darfst, aber du kannst es dir nicht verkneifen, musst es einfach tun? Du weißt: Wenn ich diesen Teller, diesen alten, kostbaren Teller zerschlage, der nicht mir gehört, der nicht meinetwegen so einen besonderen Platz in unserem Haus hat, dann bin ich zu weit gegangen. Denn es war ein vorsätzlicher Akt, um zu verletzen, um Aufmerksamkeit auf sich zu ziehen, aus Verzweiflung, aus Fatalismus, was auch immer. Das Einzige, was sicher ist: Es muss sein. Und danach ist alles anders.« Sie hob den Kopf und sah mich durchdringend an.

Ich nickte. Ich hatte keine Ahnung, was sie meinte. Es war bei einem meiner letzten Besuche. Ihre kühle Schweigsamkeit, so geheimnisvoll, so beunruhigend, war auf einmal verschwunden. Sie hatte sich verändert. Selbst an ihr ging die Zeit nicht vorüber.

Das kleine Zimmer glänzte im goldenen Herbstlicht, das durch die zugezogenen Gardinen drang und Streifen auf die Wand zeichnete. Der Spiegel, der auf die Tür geleimt war, leuchtete auf, als ich hinübersah. Es war warm. Es war schon seit Wochen warm.

Das nebenbei. Tagebucheintrag. Unwichtig.

»Wer sind Sie?«

Ich öffnete meine Brieftasche und holte das unverzichtbare Attribut heraus: meinen Dienstausweis.

»Oh«, sagte sie verdrießlich. »Warum?«

Sie war über sechzig, so wie ich, doch von der stillen Würde, die aus den dreißig Jahre alten Fotos, Erklärungen und Interviews sprach, hatte sie nicht das Geringste eingebüßt. Da war nicht nur Gleichgültigkeit, meinte ich zu bemerken. Die Würde hatte sich mit den Jahren eher vergrößert als verringert. Logisch: Der Körper baut ab, während der Mensch wächst. Ungerecht, aber logisch. Sie war auf eine ruhige, unauffällige Art immer noch schön, stellte ich fest. Das schwarze Kleid, das sie trug, stand ihr gut, das fiel sogar mir auf.

»Der Mühlenmord-Fall wird neu aufgerollt«, sagte ich unvermittelt.

Sie zog die Augenbrauen hoch. »Unmöglich.« Ein spöttisches Lächeln spielte um ihre Mundwinkel.

»Doch«, sagte ich. »Natürlich ist der Fall verjährt, aber es ist gut zu wissen, was tatsächlich geschehen ist.«

»Meinen Sie?« Sie überlegte kurz. »Vielleicht.«

Ich weiß immer noch nicht, was sie in diesem Moment von mir hielt, ob sie in mir einen alten, sonderbaren Polizisten sah, der sich in einen früheren Fall verbissen hat, jemanden, den man zu ihr geschickt hatte, um ihn loszuwerden oder um tatsächlich – aber warum? – einen verjährten Mordfall zu lösen, einen Feind oder jemanden, der ihr gewogen war. Vielleicht hatte sie gar keine Meinung, ob ich nun ein Postbote, ein Hausierer oder ein Müllmann gewesen wäre: Phänomene, manche störend, andere nützlich, mit denen man leben muss. Außerdem weiß ich nicht einmal, was ich selbst von mir hielt. Aber sie ließ mich herein, und wir sprachen lange miteinander.

3 Die alte Mühle | Neue Mühlen

Ich habe mich immer gefragt, wie es wohl ist, in der Zelle zu sitzen. Man könnte es berufsbedingte Neugier nennen – obwohl ich wenige meiner Kollegen dabei ertappt habe. Ich habe selbst überlegt, mich für ein paar Wochen einsperren zu lassen, wenn der ewige Zellenmangel es zugelassen hätte. Wie würde es mir ergehen? Würde ich durchhalten? Würde ich, wie es so schön heißt, mich selbst finden?

X. hat es erlebt. Ob zu Recht oder zu Unrecht eingesperrt, wahrscheinlich zu Recht. Er wurde freigelassen – wahrscheinlich zu Unrecht, obwohl hier eine kleine Betrachtung über Recht und Unrecht eingeschoben werden müsste, über Gesetz und Wirklichkeit, Gefühl und Verstand –, aber er hat immerhin ein halbes Jahr gesessen.

Schade ist nur, dass er etwas hatte, worüber er nachdenken konnte. Wenn er tatsächlich unschuldig war (an dem ihm zur Last Gelegten, meine ich, unschuldig im Allgemeinen geht zu weit), wird er sich über das Unrecht aufgeregt haben, zornig und frustriert gewesen sein, sich ohnmächtig gefühlt haben. Wenn er jedoch schuldig war, konnte er über sein Vergehen nachdenken, die Schultern zucken über die Gefängnisstrafe, weil er sie verdiente, oder trotzdem meinen, dass ihm Unrecht geschehen sei. Er konnte erwägen, Reue zu zeigen, aus aufrichtigem Bedauern oder aus Berechnung. Jedenfalls hatte er etwas, auf das er zumindest am Anfang seine Gedanken richten konnte.

Interessanter ist das Experiment, wenn der Inhaftierte ohne jeden Grund eingesperrt wird. Erzwungenes Einsiedlertum, unabhängig von Schuld oder Unschuld, Erniedrigung inklusive, denn ich gehe davon aus, dass der durchschnittliche Häftling von Wachpersonal und Schicksalsgenossen mit wenig Respekt behandelt wird. Der eine zerbricht, der andere gelangt zu tiefen Einsichten. Obwohl ich in beiden Fällen zögern würde, den Eingesperrten beim Wort zu nehmen. Jeder neigt dazu, etwas vorzutäuschen.

Wohlgemerkt: Ich beklage mich nicht. Ich hätte stark sein, ein tiefsinniger und gelehrter Mann werden können. Es ist einfach anders gelaufen. Nicht aufgepasst, Chancen ungenutzt verstreichen lassen, Feigheit, Bequemlichkeit, solche ganz normalen Dinge. Jetzt ist es zu spät, um noch etwas daran zu ändern.

Die alte Mühle liegt außerhalb der Stadt, auf der Flussseite, die in ausgedehnte, größtenteils ungenutzte Polder übergeht. Die Industriegebiete und Vorstädte, die die umliegenden Dörfer verschlucken, befinden sich auf der anderen Seite. In der Nähe der Mühle steht eine Reihe moderner, schneeweißer Windräder. Das alte Schöpfwerk, verwahrlost, einsam auf seiner ebenso verwahrlosten Weide, wird in Ruhe gelassen. Vielleicht ist der Boden ungeeignet, der Fluss zu nah, oder es ist einfach eine Frage von Gemeinde- und Provinzgrenzen – jedenfalls ist alles noch so, wie es vor dreißig, fünfzig, sechzig Jahren war. Wann genau die Mühle außer Betrieb genommen wurde, weiß ich nicht. Warum nie eine andere Nutzung für sie gefunden wurde, ist ebenso wenig bekannt.

Eine offizielle Nutzung, muss ich dazu sagen, denn genutzt wird das Gebäude. Seit ich mich erinnern kann, dient die Mühle als Begegnungsstätte für Liebespaare. Praktisch denkende Verliebte hatten sogar kleine Zimmer geschaffen, indem sie provisorische Trennwände errichtet hatten, die überwiegend heute noch stehen, seien sie auch beschädigt oder beschmiert. In meiner Jugend – habe ich mir sagen lassen – waren an manchen sommerlichen Samstagabenden alle Zimmer gleichzeitig belegt.

Wie viel Betrieb jetzt in der Mühle herrscht, weiß ich nicht. Es war früh am Morgen, als ich hinging, eher eine Zeit für häusliche als für heimliche Liebe.

Selbstverständlich erwartete ich nicht, nach dreißig Jahren noch irgendwelche neuen Indizien zu finden. Wenn wir damals Spuren übersehen haben sollten, wären sie inzwischen verschwunden, verwischt oder von neuen Spuren verdeckt (die von ganz anderen, nicht unbedingt strafbaren Taten stammten).

Ich wollte einfach die Lage in Augenschein nehmen, nicht mehr. Aber zu meiner großen Überraschung fand ich doch noch Spuren. Darüber hinaus erhielt ich den Beweis, dass die Mühle immer noch in Betrieb ist, sogar an einem Vormittag mitten in der Woche.

In äußerster Verwirrung trat ich den Heimweg an. Ich fühlte mich auf seltsame Weise ertappt, obwohl ich doch derjenige war, der jemanden ertappt hatte. Vielleicht traf beides zu. Dann hatte ich mich selbst ertappt, wenn Sie verstehen, was ich meine. Aber wobei?

Jedenfalls war dies ein weiterer Beweis dafür, dass das Leben weitergeht. Es wartet auf niemanden. Ein Schnellzug. Wenige Stationen.

18

Die Einzelheiten folgen. Aus irgendeinem Grund, den ich hier nicht länger herauszufinden versuche, fällt es mir schwer, darüber zu schreiben.

Nein, ich nenne sie jetzt. Ich könnte sie sonst vergessen, und Sie könnten denken, dass ich sie nur zurückhalte, um Spannung zu erzeugen. Das stimmt nicht. Ich konnte Spannung nie ausstehen, in Büchern und Filmen ebenso wenig wie im täglichen Leben. Mein Ziel war immer, Spannung aus dem Weg zu gehen. Meistens ist es mir gelungen.

Es ist besser, alles zu wissen, alles kommen zu sehen. Das Risiko, trotzdem nicht angemessen zu reagieren, ist immer noch groß genug.

Warum ich dann Polizist geworden bin? Keine Ahnung. Ich muss ehrlich sein. Dieser Bericht muss zuverlässig sein, selbst wenn er lügt. Womit ich meine, dass ich nicht lügen oder auch nur schweigen werde, um mich selbst besser darzustellen, als ich bin. Jeder Schriftsteller, selbst ein Anfänger wie ich, weiß: Jede Lüge ist gut gemeint. Sonst wird sie gestrichen.

Ein klarer Morgen. Spätsommer. Die Kälte, die von der Nacht übrig geblieben war, verbarg sich im hohen Gras, würde aber bald weichen müssen. Darüber begann es schon warm zu werden. Nebel bedeckte das Land wie eine Wattedecke.

Als ich zurückging, merkte ich, dass es einen Weg gab, große Trittsteine, die vielleicht von demselben praktischen, ziemlich unromantischen Geist hingelegt worden waren, der die hölzernen Trennwände in der Mühle errichtet hatte. Ich war abseits durch das nasse Gras gegangen, fröstelnd, ab und zu hustend von den Resten einer Erkältung, die mir auf die verschlissenen

Luftwege schlugen. Es war nicht weit, ein paar hundert Meter. Der Fluss macht an dieser Stelle eine sanfte Biegung. Der Deich und der Weg folgen ihm, sodass ein Stück Land übrig bleibt, einst mit viel Mühe dem Wasser abgetrotzt, jetzt ungenutzt. In der Mitte steht die Mühle, Überbleibsel einer Zeit, in der die Dinge anders lagen. Die Stadt braucht den Fluss nicht mehr, hat sich von ihm abgewandt.

Auf halber Strecke hielt ich kurz an, um zu verschnaufen – schließlich bin ich nicht mehr der Jüngste – und mich umzusehen. Die Windräder, sieben dünne, weiße Gestalten in Reih und Glied, waren durch den Nebel ihrer unteren Hälfte beraubt, sie sahen aus wie außerirdische Apparaturen, unheimlich vollkommen, beängstigend schön. Ich erinnere mich an die Proteste gegen den Bau des Windparks: Horizontverschmutzung, Landschaftszerstörung – anschauliche, aber unangemessene Begriffe. Die neuen Mühlen waren prächtig, von einer übermenschlichen Eleganz. Die alte Mühle hob sich klobig dagegen ab. Ein schwerfälliges Ungetüm, unpassend und überflüssig.

Als ich ankam, waren meine Schuhe und Socken durchnässt und meine Füße so kalt, dass ich sie nicht mehr spürte. Ich setzte mich auf die fünfte Stufe der hölzernen Treppe, die zur Tür führte, hoch genug, um dem Nebel zu entsteigen. Ich befreite meine Füße und fing an, sie warmzureiben.

Erst nach einigen Minuten hörte ich die Geräusche, die in der Mühle ertönten. Sie mussten schon die ganze Zeit da gewesen sein, aber ich hatte sie nicht in mein Bewusstsein dringen lassen. »Eine Komplikation«, murmelte ich. Wer alt ist, darf mit sich selbst reden. Ich sah vorläufig davon ab, meine Socken und Schuhe wieder anzuziehen. War ich absichtlich in aller Frühe zur Mühle gegangen, um das, was jetzt doch geschah, zu vermeiden? Oder war dies tatsächlich die effektivste Einteilung des Arbeitstages, wie ich mir am Abend zuvor eingeredet hatte? Ich hatte überlegt, sofort zur Mühle zu gehen, dann wäre das schon erledigt. Aber dann beschloss ich doch, zu Hause zu bleiben und den Fernseher einzuschalten, wieder einmal einen Abend an das Nichts zu verschwenden.

Aus Höflichkeit wartete ich, bis die Anwesenden von selbst die Mühle verließen. Die Geräusche schwollen an, wurden leiser, verstummten und schwollen dann wieder an. Es gelang mir nicht, sie zu ignorieren, ebenso wenig wie die Kälte, die meine Füße fest im Griff hatte. Eine Runde zu drehen war unvernünftig, denn das Gras war nass. Ich wagte aber auch nicht, hineinzugehen, solange die Luft nicht rein war. Also blieb ich einfach sitzen und versuchte zu rekapitulieren, was ich an diesem Tag vorhatte.

Ich sah mich um. Direkt vor mir die neuen Mühlen, geheimnisvoll aus der Nebeldecke aufragend. Im Gegenlicht waren sie von einem goldenen Schein umgeben, der mich zwang, die Augen zusammenzukneifen. Das brachte mich zu Träumereien, die mir entglitten, sobald sie auftauchten. Ich sehe die Szene durch einen Schleier aus Blut, der wie die Strumpfmaske eines Bankräubers über meinen Kopf gezogen ist. Die Geräusche sind gedämpft, fließend. Darin verborgen ist das Klopfen meines Herzens, das anschwillt und sich beschleunigt. Sieh die schwarze Pistole, spüre sie in der sicheren Hand, spüre die Kraft, schmecke das Metall, höre den unendlich verlangsamten Knall. Sieh das Erstaunen, das durch den dämmrigen Raum pulst, bemerke die Abwesenheit von Schmerz, die zu der Einsicht führt, dass Schmerz nicht existiert, widerstehe dem Klopfen des Blutes gegen die Schläfen. Die plötzliche Klarheit des Geistes, das gedämpfte Rot und Schwarz, der aufwirbelnde Staub in den Sonnenstrahlen, die durch die Spalten zwischen den Holzbalken dringen, die Gestalt auf dem Boden. Könnte ich die Maske nur herunterziehen und alles sehen, wäre ich nur wirklich hier.

Und während das eine Leben zu Ende geht, beginnt das andere. Einen Augenblick lang wünsche ich mir, das Bild möge stehen bleiben, eingefroren, eingerahmt werden. Das ist Liebe. Das ist Leben. Das ist es, was zählt.

Für einen Moment war es still. Dann hörte ich Geraschel, Gekicher und wenig später Schritte, die über die knarrenden Dielen auf die Tür zugingen. Ich nahm mir einen überraschten Blick vor, gefolgt von einem höflichen Nicken. Ich war die Arglosigkeit in Person.

Natürlich konnte ich mir vorstellen, was da im Gange war. Ich hatte es von Anfang an gewusst, ich kannte die Geräusche. Vielleicht wird es dich erstaunen, Kommissar, aber so schlecht ist es nun auch nicht um mich bestellt. Es ist lange her, aber vergessen habe ich es nicht. Außerdem ist es immer möglich, das Gedächtnis aufzufrischen, auch jetzt noch. Was in dieser Hinsicht vom Alter behauptet wird, sind reine Märchen.

Ich erhob mich und ging die letzten Stufen hinauf, als würde ich gerade ankommen. Am Ende der Treppe wurde mir bewusst, dass meine bloßen Füße einen merkwürdigen Eindruck machen würden, doch es war zu spät. Die Tür öffnete sich.

Ob mein Blick gelungen war, weiß ich nicht – ich befürchte das Schlimmste, denn ich bin kein guter Schauspieler –, aber die verblüfften Blicke des Paares, das zum Vorschein kam, waren kaum zu übertreffen. Das Mädchen war mit seiner Frisur beschäftigt, der Junge fingerte am obersten Knopf seines zerknitterten Hemdes herum. (Im Polizeibericht würden sie respektive als Frau und Mann bezeichnet werden, denn sie waren, schätzte ich, knapp über achtzehn. Aber es gelingt mir nicht, sie als Erwachsene zu sehen. Sie wissen nicht, wie jung sie sind.)

»Wer sind Sie?«, stieß der Junge hervor. Das Mädchen blieb stocksteif stehen, die Hände reglos im Haar.

Automatisch holte ich meinen Dienstausweis aus der Innentasche und zeigte ihn dem erstaunten Jungen, mit einer entschlossenen Geste, der trotzdem – aber vermutlich unsichtbar – jegliche Überzeugungskraft fehlte. Schließlich hatte er recht. Was tat ich hier? Was gab mir das Recht? Warum musste ich zwei Menschen belästigen, die – nehme ich doch an – ihr Vergnügen gehabt hatten? Nur weil ich selbst so selten mein Vergnügen hatte? Ich beklage mich nicht: Man kann nicht ständig sein Vergnügen haben. Selbst das würde langweilig werden.

Jedenfalls hatte der Ausweis die gewohnte Wirkung. Der Junge sah mich einen Augenblick lang unsicher an, sich zweifellos fragend, ob das, was er tat, tatsächlich strafbar war, und drehte sich dann zu seiner Geliebten um. »Polizei«, flüsterte er. »Schnell.« Sie schossen an mir vorbei und rannten hinaus ins Feld.

Ich schüttelte erstaunt den Kopf und ging die Treppe wieder hinunter, um meine Schuhe und Socken anzuziehen. Ich bin die Polizei, dachte ich. So ist das. Ganz einfach. Es war ein alter Gedanke, aber einer, der mir immer noch unwirklich vorkommt.

Der Nebel hatte sich noch nicht vollständig aufgelöst, was die wehmütige Schönheit der Aussicht verstärkte. Das unebene, brachliegende Feld, der sich windende Deich, eine Ahnung vom Fluss dahinter, das flüchtende Paar, jung, schön, lebendig. Geradeaus die strenge Reihe weißer, schlanker Windräder.

Was für eine Prüderie, dachte ich. Sich in eine abgelegene Mühle zurückziehen und weglaufen, wenn jemand kommt. Eigentlich süß. Vielleicht hätte ich es auch so gemacht.

4 Indizien | Keine Indizien

In der Mühle war es muffig und zugig zugleich. Die Dielen knarrten. Ich ließ meinen Augen Zeit, sich an die Dunkelheit zu gewöhnen, und zögerte. Ich fühlte mich unbehaglich, und mir kam der Gedanke, in aller Stille wieder zu gehen. Doch sofort – ein Sieg – beschloss ich zu bleiben. Der mühsame Weg und die nassen Füße, die mir zweifellos eine Erkältung bescheren würden, durften nicht umsonst gewesen sein. Ich sah mich schon zurückgehen und im Büro zu der Feststellung gelangen, dass ich wieder einen Vormittag vertan hatte, den x-ten in einer beeindruckend langen Reihe.

Dies alles, Herr Kommissar, würde in einem normalen Bericht fehlen, das brauchen Sie mir nicht zu sagen. Was allerdings nicht fehlen würde, ist Folgendes: Ich fand in der alten Mühle – kennen Sie sie noch? Sie sind doch sicher dort gewesen – nicht nur eine deprimierende Ansammlung schimmliger Matratzen und befleckter Decken, sondern auch, mit schwarzem Filzstift auf eine der hölzernen Trennwände geschrieben, die Namen von X. und seinem Opfer. Der Atem stockte mir in der Kehle. Dann wunderte ich mich über meine Reaktion. Warum war mir das so wichtig? Weil ich mich mit der Untersuchung beschäftigte. Beschäftigt zu sein ist das Wichtigste für einen Menschen – eine Tatsache, die mir erst in letzter Zeit bewusst geworden ist.

Ich sehe dich an deinem Schreibtisch lächeln. Du verstehst nichts. Aber gut. Das Sonnenlicht zwängte sich mit Gewalt durch die Türöffnung, ich stand kerzengerade da und staunte, als hätte ich eine Offenbarung empfangen. Dort waren die Namen, die ich suchte. Sie bedeuteten nichts, denn die dazugehörigen Körper waren längst vergangen, aber sie standen dort. Ich las die Namen vor mich hin, stotternd vor Begeisterung. Der Nebel löste sich auf, ein glückliches Paar lief über die Felder, die Stunden verrannen, als seien sie nichts anderes gewöhnt. Einen Moment lang war ich auserkoren. Ich sah, fühlte und verstand alles.

Ich übertreibe etwas. Was ich meine: Ich spürte, dass ich existierte. Für einen Augenblick erlebte ich, dass dies die Wirklichkeit war und dass die Wirklichkeit kein Nichts, sondern alles war. Sie war der Anfang dieses Berichts, meines Lebens, meiner selbst. Und der Anfang vom Ende. Erst später wurde mir klar, wie wenig dies alles bedeutete, wie sehr ich mir wünschte, überwältigt zu werden, wie gern ich aufgenommen werden wollte in das große, unendliche Geschehen. Ich griff nach allem, sogar nach untauglichen Indizien. Doch es war wichtig, wenn schon nicht für die Untersuchung, dann für mich. Dieser Augenblick, den ich erlebte, der mich Früchte kosten ließ, die ich nicht kannte, der mich erkennen ließ, dass ich mich nicht wesentlich von den anderen unterschied, musste seine Entsprechung in einer Tat finden. Was symmetrisch ist, ist schön.

Wie einfach kann ein Mensch sich selbst betrügen. Wie leicht lässt er sich mitreißen. Das ist vielleicht sein wichtigstes Talent. Nicht jeder beherrscht es. Manchen passiert es selten, und wenn es passiert, gehen sie zu weit. Sie sind ungeübt, haben sich und den Lauf der Dinge nicht ausreichend unter Kontrolle. So jemand bin ich. Immerhin besser als nichts. Mein Vorsatz, zu handeln, schmolz trotzdem in der brennenden Herbstsonne dahin. Übrig blieb eine Pfütze Unzufriedenheit. Wenn mich jemand an den Entschluss erinnern würde, den ich in der Mühle traf, könnte ich es vielleicht zu etwas bringen. Wahrscheinlich aber nicht.

Die schwarzen Buchstaben hatten sich im Laufe der Jahre zu einem rostigen Rotbraun verfärbt, andere Texte waren quer durch die Namen geschrieben worden, aber anfangs zweifelte ich nicht. Sollten denn zwei Menschen X. heißen? Wahrscheinlich. Aber sollten beide die Mühle besucht haben, und das auch noch mit Frauen gleichen Namens? Nein. Man darf nichts ausschließen, aber ich schloss es trotzdem aus. Diese Freiheit nahm ich mir. Ich fühlte mich immer noch ans Gesetz gebunden, sogar an die ungeschriebenen Regeln des Fachs, aber diesmal gab ich dem gesunden Menschenverstand mehr Befugnisse, als wir es zu tun gewohnt sind. Wie zu erwarten, betrog er mich auf der Stelle. Der gesunde Menschenverstand ist eine Giftschlange. Geduldiger als die Würgeschlange des Gefühls, aber tödlicher.

Du verzeihst mir meinen Irrtum, nehme ich an, oder es ist dir egal. Du hast die Freiheit, diesen Bericht zu ignorieren – eines deiner vielen Privilegien. Ich wollte mir diesen glückseligen Augenblick – ein hohler Ausdruck, aber ich meine es so – nicht mit kritischen Fragen verderben. Wie konnte es geschehen, überlegte ich zufrieden, dass die beiden Namen, die ich an diesem Morgen minutenlang angestarrt hatte, vor dreißig Jahren systematisch übersehen worden waren? Wurde die Mühle so nachlässig untersucht? War es Unaufmerksamkeit? Absicht? War der wenig originelle Brauch, den eigenen Namen und denjenigen der Geliebten auf den Trennwänden zu verewigen wie in einem

Gästebuch oder Kondolenzregister, beim Polizeikorps unbekannt? Brave Kollegen. Zweifellos war keiner von ihnen jemals in der Mühle gewesen, es sei denn aus beruflichen Gründen. Und wenn doch, würde der Betreffende nie wagen, es zuzugeben.

Ich verließ die Mühle in der Überzeugung, eine Entdeckung gemacht zu haben. Wie immer kam ich mit leeren Händen und einem hohlen Kopf nach Hause.

Was hast du getan? Du hast dich noch einmal umgedreht, bist zur Haustür zurückgegangen. Du hast deine schöne Frau zum Abschied geküsst, die dich trotz allem immer noch liebt. Vergiss nicht: Der Mord ist noch nicht begangen, und was noch nicht geschehen ist, wird möglicherweise nie geschehen. Das ›trotz allem‹ kommt daher – natürlich, ich habe mich geirrt – erst später.

Ich starre sie lange an.

»Was?«, fragt sie.

»Nichts.«

Ich wollte ihr sagen, dass ich nichts davon verstand, dass ich nie getan hätte, was X. getan hat. Dass ich nicht einmal daran denken würde. Aber jeder denkt an alles, das wäre also gelogen. Außerdem bin ich zu solchen Herzensergüssen, wie aufrichtig sie auch sein mögen, gar nicht in der Lage. Sonst wäre mein Leben anders verlaufen, davon bin ich überzeugt. Dann säße ich nicht erst jetzt neben der Frau, neben der ich sitzen will – besser: neben *einer* Frau, neben der ich sitzen will. Nur nicht sentimental werden. Dafür ist es jetzt zu spät. Es gibt sehr viele Frauen, neben denen ich sitzen will.

Ich nenne immer noch nicht X.s richtigen Namen. Obwohl der kein Geheimnis ist – die Witwe scheute damals nicht die Öffentlichkeit und benutzte stets den vollständigen Namen ihres Mannes. Außerdem ist es inzwischen so lange her, dass es nicht mehr viel ausmacht. Aber dies ist eine der Regeln, die ich für richtig halte und konsequent anwende. Selbst die Initialen geben zu viele Informationen preis. Das geht nicht. Ich bleibe bei X.

Wie sind sich die beiden überhaupt begegnet? Sie und ein Mörder. Unvorstellbar. Eher könnte ich mir vorstellen, dass sie einen Mord begeht. Sie hatte das Sagen, niemand anderes. Wie konnte sie sich so etwas antun lassen? Da stimmt etwas nicht. Obwohl ich zugeben muss, dass ich von ihrer Schönheit geblendet bin. Vielleicht sehe ich sie völlig falsch.

Und warum sind sie zusammengeblieben? Wie kam sie dazu? Natürlich werden Sie sagen: Wie kommt ein Mensch generell zu etwas, aber ihr Fall, das werden Sie zugeben müssen, ist interessanter. Sie ist schließlich eine lebende Person. Warum weigert sie sich, etwas zu sagen? Anscheinend findet sie alles völlig normal. Sie zuckt die Schultern und lächelt.

Sein Name steht sogar noch auf dem Schild neben der Haustür, was mich maßlos ärgert. Und auch das ärgert mich – dass ich mich ärgere. Ich habe nichts damit zu tun, es könnte mir egal sein. Es ist jetzt ihr Name, sie hat ein Recht darauf. Das Letzte, was von ihrer Ehe übrig geblieben ist.

Eine Orgie der Gewalt, dieser Ausdruck kursierte in der Dienststelle ebenso wie in den Zeitungen. Sechzehn Kugeln, er muss die Pistole zweimal leergeschossen haben. Er muss in dem Blut getanzt, gesungen, gejubelt haben.

Eine Orgie der Gewalt. Etwas, das man gerne erlebt hätte und gleichzeitig auch nicht – was so gut wie immer darauf hinausläuft, dass man es nicht erlebt. Die Feigheit ist stärker als das Verlangen. Wir müssen, bevor wir strafen, jeden aufrichtig bewundern, der die Angst bezwingt und handelt. Aber auch wer dem Verlangen widersteht, ist ein Held. Jeder ist ein Held.

Als ich zum zweiten Mal kam, war alles anders. Ich wurde herzlich, fast zu herzlich empfangen. Sie nahm mir die Jacke ab und führte mich ins Wohnzimmer, das so aufgeräumt war, dass es auffiel. Es duftete nach Kaffee und Kuchen, wie in einer Konditorei am Samstagmorgen.

»Willkommen«, sagte meine Witwe. Sie lächelte, als würde sie es ehrlich meinen. Während sie mich mit einer Handbewegung einlud, hereinzukommen, doch bitte nicht in der Tür stehen zu bleiben, sah ich blitzartig das achtzehnjährige Mädchen, das sie einmal gewesen sein musste – nein, sie *war* achtzehn. Unschuldig, gefährlich schön, voller Lebenslust. Ich betrachtete sie, hoffentlich unauffällig, von Kopf bis Fuß. Ich wusste, wie alt sie war, und ich sah es auch, aber etwas von dem, was ich gerade bemerkt hatte, blieb hängen. In ihren Bewegungen, ihren vielsagenden Blicken, streng oder sanft, berechnend oder prüfend, war Schönheit und Lebenslust zu finden. Wer es einmal gesehen hatte, konnte es nicht mehr ignorieren, er war verloren. »Danke«, murmelte ich. Mir lief ein Schauer über den Rücken.

Auf dem Tisch standen zwei Torten, selbst gebacken, nahm ich an. Der Kaffee dampfte in der Kanne, zwei Tassen, ziemlich altmodisch, aber chic, standen bereit. Auf der glänzenden Anrichte sah ich auch eine mit Eis überzogene Flasche Genever, in Begleitung von zwei eleganten Gläschen.

»Was sagen Sie dazu?«

Was sagte ich dazu. Gute Frage. »Schön«, sagte ich. »Gemütlich. Es riecht gut.«

Sie nickte. Ihre hellblauen Augen blickten mich prüfend an, ließen mich keinen Moment los. Mir wurde klar, dass ich unter die Lupe genommen wurde. Ich würde mir die größte Mühe geben, sie zufriedenzustellen.

»Sie scheinen mir jemand zu sein, der Nusstorte mag.« Sie zeigte auf einen Stuhl. »Setzen Sie sich.«

»Ja«, sagte ich, »natürlich.« Sie hatte recht, ich mochte Nusstorte.

»Zur Sicherheit habe ich noch einen Apfelkuchen gebacken.«

Apfelkuchen mochte ich auch, wenn es sein musste. Alles für die gute Sache.

»Wir werden nicht verhungern!« Das war ein Scherz, aber sie lachte nicht. Ihr Mund und ihre Augen, kalt, aber schön, blieben ungerührt. Ich gab mir Mühe, trotzdem zu lachen. Ich wollte sie um nichts in der Welt vor den Kopf stoßen. Außerdem sollte ich sie ja befragen, und eine kooperative Zeugin liefert in der Regel mehr und bessere Informationen als eine widerspenstige. Ich war hier im Dienst, das durfte ich nicht vergessen.

Wir tranken Kaffee und plauderten. Sie schnitt ein Thema nach dem anderen an, das Wetter, die Ladenpreise, Staus, ohne dass es mir auffiel. Erst jetzt, da ich es aufschreibe, wundere ich mich darüber. Kein einziges Mal trat eine unbehagliche Stille ein, höchstens eine erwartungsvolle, die aber sofort wieder unterbrochen wurde, weil es für eine solche Stille zu früh war. Ich wagte nicht, den Mordfall anzusprechen. Allzu oft kam ich nicht in den Genuss einer Unterhaltung, geschweige denn einer guten.

Nach zwei Tassen Kaffee und ebenso vielen Stücken Torte stand meine Witwe auf, die Anmut in Person, und ergriff die Geneverflasche. Die dünne Eisschicht war inzwischen geschmolzen, die Flasche glänzte. Meine Witwe schenkte beide Gläser so voll, dass sich durch die Oberflächenspannung eine kleine Wölbung in der klaren Flüssigkeit bildete. Würde diese Spannung zerstört, ginge etwas von dem Getränk verloren, und mit dem Getränk, das schien mir unvermeidlich, auch die Stimmung.

Sie bot mir eines der Gläser an. Ich zögerte, wie es sich gehört. »Ich trinke nicht«, sagte ich dann. »Tut mir sehr leid.«

Sie riss erstaunt die Augen auf. »Sie trinken nicht? Kommen Sie, wenigstens ein Gläschen. Ich habe mir solche Mühe gegeben. Sie wollen doch nicht, dass ich mich umsonst abgerackert habe?«

Sie war unwiderstehlich, und sie wusste es. Es dauerte eine Weile, bis ich wagte, den gewölbten Spiegel, der sich über dem Schnapsglas gebildet hatte, zu zerbrechen. Danach hatte ich Mühe, mich an den Geschmack und das Brennen zu gewöhnen, aber schließlich trank ich alles. Meine Witwe lächelte zufrieden und schenkte sofort nach. Sie selbst beschränkte sich auf ein Glas. »Das letzte«, sagte ich. »Wirklich. Ich bin das nicht gewöhnt. Ich trinke nicht.«

Einmal, erinnerte ich mich, war ich betrunken gewesen, und zwar richtig betrunken, inklusive Erbrechen, Stürzen, Gedächtnislücken. Das war nach der Diplomverleihung an der Polizeiakademie, an die ich mich natürlich auch nicht erinnere. Nie wieder, hatte ich mir damals geschworen. Seither habe ich keinen Tropfen Alkohol getrunken, wie sehr ich mich damit auch von der Gruppe distanziert habe. Das Verlangen mitzumachen verblasste im Laufe der Jahre, die Erinnerung an den Genuss, der der Übelkeit vorausging, auch. Nur dass es mir schlecht ging, daran erinnerte ich mich sehr gut. Dies war zur Abwechslung ein Vorsatz, an den ich mich mühelos halten konnte.

Ich wurde ins Schlafzimmer gelotst. Ach …

Es gefiel mir nicht. Zwei sehr häufige Namen auf einer Trennwand in einer Mühle. Die Kombination der beiden war natürlich schon viel weniger häufig, sogar ich verstand genug von Mathematik, um das zu wissen, aber trotzdem. Die einfachste Erklärung war, dass es tatsächlich um ein anderes Paar mit denselben Namen ging, dass die Buchstaben, die ich gesehen hatte, vor dreißig Jahren noch nicht dort gestanden hatten. Sollte X., geblendet von welchen Gefühlen auch immer, sein Fremdgehen, zu dem sich später noch ein Mord gesellte, so deutlich zur Schau gestellt haben? Unlogisch. Ich kam mir unglaublich dumm vor. Diese kindische Aufregung wegen einer Entdeckung, die, wie sich nun herausstellt, gar keine ist. Als wäre ich ein blutiger Anfänger und dies meine erste Untersuchung. Was in gewissem Sinne stimmt, das gebe ich sofort zu.

Ich hätte die Namen selbst dazuschreiben können. Jawohl. Mit einem Filzstift, dessen Kappe schon seit einiger Zeit verschwunden ist, sodass die Farbe von Anfang an verbraucht und alt wirkt. Dann mit einer anderen Farbe irgendwelche Texte darüberschreiben, damit es so aussieht, als würden die Namen, auf die es ankommt, schon länger, sagen wir rund dreißig Jahre, auf dieser hölzernen Trennwand prangen. Das Ganze noch ein bisschen mit einem Taschenmesser verkratzen – fertig. Denn standen die Namen nicht dort, hätten sie doch dort stehen sollen. Und ich habe mich schon viel zu lange herausgehalten.

Mit gesenktem Kopf schlurfte ich über die Trittsteine des provisorischen, aber inzwischen jahrzehntealten Weges. Es war warm, ich war müde. Die neuen Mühlen ignorierten mich demonstrativ.

5 Mensch | Ehre

Das Motiv ist oft das Problem. Wenn es nicht der Beweis ist, dann ist es das Motiv – obwohl es möglich ist, jemanden zu verurteilen, ohne das Motiv für die Tat zweifelsfrei zu ermitteln. Manchmal gelingt es auch, jemanden ohne Beweis zu verurteilen, aber das gehört sich natürlich nicht.

In vielen Fällen scheint es kein Motiv zu geben, oder es scheint so unbedeutend zu sein, dass man sich kaum vorstellen kann, dass es tatsächlich zu einem Verbrechen geführt haben soll. Warum? Eine gute Frage, die sich nicht nur bei strafbaren, sondern bei allen Taten stellt und die auffallend häufig nicht zu beantworten ist.

Weil es möglich ist, denke ich immer. Viel weiter komme ich nicht. Ich nehme an, dass es oft eine Frage der Ehre ist, viel öfter, als allgemein vermutet wird. Hör auf mich, Kommissar.

Lass jemanden entkommen, ohne dass er sein Gesicht verliert, gib ihm die Gelegenheit, seinen Fehler zu vertuschen oder zumindest zu erklären, und er akzeptiert jede Niederlage. Aber erniedrigst du ihn, selbst wenn es um nichts geht, ist die Chance groß, dass er sich rächen will. Vielleicht leistet er in der folgenden Krise Großartiges, um sich zu rehabilitieren. Vielleicht ermordet er jeden, der direkt oder indirekt mit seiner Schande zu tun hat, inklusive Zuschauer. Jedenfalls wird er reagieren, in welcher Form auch immer. Der Minderwertigkeitskomplex ist so allgegenwärtig, dass er als vollkommen normal gelten kann. Jeder fühlt sich ständig erniedrigt, jeder Akt ist ein Racheakt. Jeder wird ununterbrochen in seiner Ehre verletzt.

Nur ich nicht. Ich habe alles und jeden ertragen. Aus Freundlichkeit, dachte ich immer, aus Mitgefühl, sogar aus Feigheit oder Verlegenheit. Jetzt weiß ich es besser. Es war Nachlässigkeit. Ich rege mich auf, fühle mich angegriffen, versäume aber, danach zu handeln. Doch ich habe nichts vergessen. Und aufgeschobenes Handeln ist auch Handeln. Vielleicht ist es noch nicht zu spät. Ich werde wählen müssen, was noch in Ordnung zu bringen ist, denn ich habe nicht mehr viel Zeit. Außerdem muss ich lernen, mich zu bewegen, aber es kann noch viel passieren. Zum ersten Mal in meinem Leben habe ich Hoffnung, oder jedenfalls eine Perspektive.

Es war unerträglich. Sie war ein vernünftiger Mensch, man brauchte sie nur anzusehen, um das zu wissen, und doch sprach sie von Ehre – wofür ich nichts als die größte Verachtung empfinden kann. Zudem von der Ehre eines anderen, die sie sich wie selbstverständlich anmaßte. Die Ehre ihres verstorbenen Mannes, eines Mörders und Ehebrechers. Sie sprach in der Vergangenheit und lachte dabei, was es einfacher machte, aber ich hatte Mühe, meine Unruhe zu verbergen.

Ich nickte verständnisvoll. Ich ballte die Fäuste, bohrte die Nägel in die Handflächen. Gibt es eine Unvermeidlichkeit, fragte ich mich. Dann ist die Ehre nichts weiter als ein Wegweiser.

Ich gehe über die Trittsteine zur Stadt zurück. Die neuen Mühlen hinter mir sind Fühler, Antennen, Scanner. Irgendwo auf einem weit entfernten Planeten: große, ungläubige Augen. Es wird gezögert, seit Jahren schon. Was tun? Eine Invasion? Vernichten? Helfen? Ein höfliches Gespräch? Ignorieren?

Wahrscheinlich ignorieren. Der Mensch schadet niemandem. Er versucht es zwar, aber es gelingt ihm nicht. Er stolpert über die eigenen Füße. Er ist zu vernachlässigen. Kein interessanter Untersuchungsgegenstand, keine ernsthafte Bedrohung. Er tut nichts. Das ist der Grund dafür, dass er nicht angeleint ist.

Ich habe getrunken. Nach fast fünfundsechzig Jahren Mäßigung habe ich endlich angefangen zu trinken. Um für meine Pensionszeit ein Hobby zu haben, aber auch, um zu betonen, dass ich lebe, dass ich endlich lebe.

Am Anfang fiel es mir schwer, Kommissar, auch wenn du dir das kaum vorstellen kannst. Denn nach zwei, höchstens drei Gläsern meldet sich der gesunde Menschenverstand, oder wie man das nennen will. Es fiel mir schwer, aber nach einigen Tagen ging es immer besser. Man gewöhnt sich schnell daran, da gebe ich dir recht.

Neulich, auf einem meiner scheinbar ziellosen Spaziergänge, betrat ich eine Kneipe, einfach so, und bestellte einen doppelten Genever. Mitten in der Arbeitszeit. Um halb vier.

Bin ich ein ehrloser Mensch? Vielleicht. Muss ich die Ehre dann vortäuschen? Ja. Geringer wird meine Abneigung gegen die Ehre davon nicht, im Gegenteil, aber der Mensch hat ein Ehrgefühl, damit er unterdrückt werden kann, sonst ist er nicht vollständig. Beleidige mich nicht. Ignoriere mich nicht. Komm mir nicht zu nahe, sonst kriegst du meine Faust ins Gesicht.

Wie viele Menschen täuschen nur vor, was sie leidenschaftlich zu vertreten scheinen? Ist die Überzeugung, dass man etwas wirklich fühlt, ein Zeichen von Dummheit?

Ich schweife schon wieder ab.

6 Erwachen | Die Witwe

Es blieb warm. Das sommerliche Wetter hielt sich bis tief in den Herbst hinein. Ich machte einen langen Spaziergang, einen bewussten Umweg zum Haus der Witwe, wie ich sie immer noch nenne. Es fühlt sich nicht gut an, aber ich weigere mich, ihren Namen zu nennen oder eine andere, vielleicht passendere Bezeichnung zu verwenden. Das gehört sich nicht.

Am Stadtrand blickte ich hinaus aufs Land. In der Ferne der Fluss, der Deich, die alte Mühle, die neuen Mühlen. Ich dachte nach, ohne meine Gedanken auch nur annähernd in Worte fassen zu können. Ich fühlte mich ruhig und sicher – warum, das weiß ich nicht. Dass es mir auffiel, beweist, dass ich mich normalerweise nicht in diesem Zustand befinde. Die spätsommerliche Wärme ließ weder Hektik noch Trübsinn aufkommen.

In der Stadt verlor sich diese Stimmung wie von selbst. Ich senkte den Kopf und erhöhte das Tempo, konnte den Spaziergang nicht länger genießen. Manchmal beobachte ich mich selbst, wie ich so nervös und verkrampft herumlaufe. Die Schaufenster zeigen einen gebeugten, älteren, in einen unauffälligen, langen Mantel gekleideten Mann, der sich hastig bewegt, als hätte er es eilig – aber nicht, um irgendwo hinzukommen. Er ist auch nicht auf der Flucht. Die Eile hat weder Grund noch Ursache, sie schwebt lose in der Luft.

Es wird Zeit, dass ich etwas dagegen unternehme. Die Pension rückt näher, und ich bin überhaupt nicht darauf vorbereitet. Also sehe ich mir meine Umwelt genauer an. Angst. Viele Menschen, vielleicht alle, haben Angst. Ohne konkreten Anlass, in ruhigen Momenten, aber man sieht es: Angst in den Augen, schreckhafte Bewegungen.

Das beruhigt mich in gewisser Weise. Ich bin nicht schlechter als die anderen, im Gegenteil. Endlich dämmert es mir. Allmählich arbeite ich mich aus dem Treibsand empor, der mich jahrzehntelang festhielt, in dem ich aber, der Nachlässigkeit sei Dank, nicht untergegangen bin.

Tatsache ist, dass ich erwacht bin. Ich habe lange geschlafen. Es ist zu spät, um noch etwas daraus zu machen, aber vielleicht kann noch etwas zerstört werden, eine Karriere, notfalls ein Tafelservice. Ich gebe mich schnell zufrieden.

Der Wecker hat oft geklingelt, aber ich habe nicht aufgepasst. Ich habe ihn klingeln lassen, bis er aufhörte, oder ich habe ihn gedankenlos ausgestellt. Zur Arbeit kam ich immer rechtzeitig, aber schlafend.

War das früher anders? Mein Gedächtnis scheint bis zu meinem Einundzwanzigsten zurückzureichen, bis zu meinem Dienstantritt bei der örtlichen Polizei, bei dem ich weder Stolz noch Widerwillen verspürte. Danach geschah nichts Nennenswertes mehr, was mein Gedächtnis im Grunde überflüssig macht. Vor meinem Einundzwanzigsten muss ich jung gewesen sein.

In den Gesprächen mit meiner Witwe rede ich zu viel und zu unvorsichtig, während sie kaum etwas über sich erzählt. So kommt man nicht weiter. Wenn ich nichts für mich behalte, keine unerwarteten Trümpfe in der Hand habe, wird sie sich keine Blöße geben. Ihr fehlendes Interesse an dem Mord ist vielleicht gespielt, aber sie lässt sich nichts anmerken. Ein Gespräch nach dem anderen, distanziert oder weniger distanziert, direkt oder indirekt, aber sobald es um den Mord, um X. oder das Opfer geht, wird der Ton oberflächlich und sachlich. Im Schlafzimmer wage ich auch nicht, das Thema anzuschneiden. Dort schweige ich.

Am Ende wird sie alles wissen und ich nichts. Ich muss härter durchgreifen, schließlich bin ich ein Polizist. Was sollte es mir schon ausmachen?

»Lass uns die Fakten durchgehen«, sage ich. »Es sind nicht viele.«

Sie zieht die Augenbrauen hoch und schweigt. Sie richtet sich auf, wendet sich von mir ab. Jegliche Vertraulichkeit und Zuneigung ist verschwunden. Ich trinke meinen Kaffee und gehe nach Hause.

»Du hast mich wachgeküsst«, sage ich, als ihre Lippen sich von meinen lösen. Ich sehe sie mit großen Augen an.

»Ach was«, sagt sie.

Sehe ich Spott in ihrem Blick? Was meint sie?

Und warum ich? Warum sie, wird deine Gegenfrage sein, Kommissar, mit dieser automatischen, aber scheinbar wirksamen Art der Befragung hast du es weit gebracht. Warum ich? Ich werde es dir sagen. Weil sie mir die Gelegenheit gab. Das meine ich ganz ernst. Aber bei ihr ist das etwas anderes. Auch ich gab ihr natürlich die Gelegenheit, aber für eine Frau wie sie steht immer und überall jemand zur Verfügung. Eine graue, unansehnliche Gestalt wie ich würde ihr nicht einmal auffallen. Spielt sie ein Spiel? Amüsiert sie sich über die Ironie der Situation? Nimmt sie Rache? Und an wem?

Mehr Fragen als Antworten in diesem Bericht. Vielleicht muss ich aufhören, von einem Bericht zu sprechen.

7 Der Mörder | Ich

Vergessen wir erst einmal die Witwe. Leichter fällt es mir, mich in den Mörder hineinzuversetzen. Das war schon immer meine Taktik, und ich bleibe dabei, auch wenn sich die Methoden vielleicht geändert haben, der moderne Polizist distanzierter an die Sache herangeht. Ich meine auch, dass ich besser geworden bin. Früher tat ich nur so, diesmal versetze ich mich vollkommen in seine Lage. Natürlich ist das nicht ungefährlich. Ich könnte Sympathie für den Mörder empfinden, ihn zu gut verstehen. Ich könnte mich zu sehr auf mein Gefühl verlassen. Du lachst, Kommissar, oder solltest es tun.

Ich kann mich in andere hineinversetzen, besser: Ich kann andere in mich hineinversetzen. Das ist nicht schwer, dort gibt es Platz genug. Das Risiko lohnt sich, finde ich. Eigentlich ist es die einzige Methode, mit der man echte Ergebnisse erreichen kann. Wer einen Fall löst, indem er sich an die Vorschriften hält, Möglichkeiten abhakt, eine Handlung nach der anderen in der vorgeschriebenen Reihenfolge ausführt, erzielt keinen Erfolg, sondern hat einfach seine Arbeit getan. Wer sich dagegen einfühlt, mitspielt, sich wirklich hineinversetzt, wird Teil seines Falles, wird der Fall selbst werden. Erfolg oder Niederlage ist dann eine Frage von Leben und Tod.

Manchmal denke ich, ich weiß es. Ich weiß genau, was er tut, wann er es tut, warum er es tut, ich weiß es im Voraus. Die Uhr läuft, die Handlungen werden vollzogen, der Fall nähert sich seinem Ende. Ich bin Zuschauer und Teilnehmer zugleich.

Aber es beginnt damit, dass ich mich in ihn hineinversetze, in X., den Mörder. Ich ahme sein Verhalten nach, liebe seine Frau, denke seine Gedanken, verübe seine Tat. Das ist die einzige Möglichkeit, denn alle Spuren sind verwischt oder im Laufe der Zeit verschwunden.

Die letzte Hoffnung in solchen Fällen ist die Rekonstruktion – eine Hoffnung, die meistens eitel ist, im doppelten Sinne des Wortes. Geh zum Ort des Verbrechens, verkleide möglichst ungeschickt einige junge Beamte, die sorgfältig im Hinblick auf ihr vollkommen mangelhaftes schauspielerisches Talent ausgewählt wurden, lege ihnen Texte in den Mund, die kein Mensch spontan von sich geben würde, erst recht nicht bei einem Überfall oder einer Vergewaltigung, und spiele den Vorfall nach. Nimm Zeugen und Opfer mit, stelle ihnen suggestive Fragen, ignoriere die notorische Unzuverlässigkeit der Erinnerung ebenso wie die menschliche Neigung zur Lüge. Ziehe zufriedenstellende Schlussfolgerungen. Filme den einen oder anderen mit einer billigen Kamera, damit man vor Gericht auch einmal lachen kann. Sende das Material vielleicht sogar im Fernsehen, sodass jeder Idiot, der sich dazu berufen fühlt, zum Telefon greifen und das Chaos vergrößern kann. Je mehr Tipps, desto größer die Freude. Erwischen wir einen Unschuldigen, sperren wir ihn fröhlich ein, machen zufrieden einen weiteren Haken in unserer Liste.

Ich übertreibe, Kommissar, aber nicht viel. Du kannst ein Lied davon singen.

In diesem besonderen Fall wird die Rekonstruktion von einer einzigen Person erdacht und ausgeführt. Vielleicht eher ein Zeitvertreib als ein ernsthafter Versuch, den Mühlenmord doch noch zu lösen, aber es geht nun einmal nicht anders. Es ist zu lange her. Der Täter ist inzwischen genauso tot wie das Opfer, auch wenn er an einer unerträglich banalen Krankheit und nicht auf die so viel poetischere Art starb, die er für seine Geliebte vorgesehen hatte – und die er seiner wunderbaren Frau nicht gönnte. Dies nebenbei, ich begreife es erst jetzt.

Ein schöner Tod, man muss sich das einmal vorstellen. Notfalls zu früh. Man weiß nie, ob man eine zweite Chance bekommt.

Ich weiß, was sie denken, warum sie tun, was sie tun, was ihr nächster Schritt sein wird. »Wenn du nicht so ein braver Bürger wärst«, sagte der Kommissar einmal lachend, als wir noch Freunde waren und er noch nicht Kommissar, »wäre bei dir alles ganz anders gelaufen.«

Mag sein. Eine strengere oder auch eine lockerere Erziehung, eine andere Wahl in einem entscheidenden Moment, eine veränderte Charakterstruktur – die verfluchte Schüchternheit, das Zurückhaltende, die Trägheit –, und ich stünde *im* Leben, nicht daneben. Bis zu den Knöcheln im Blut. Ich bin kein braver Bürger. Ich werde alles tun, um das zu beweisen.

Den gesamten Papierstapel habe ich durchforstet. Zeitungsartikel, Pressemitteilungen, Interviews, Kommentare, Berichte. Der Fall zog sich in die Länge, erhitzte die Gemüter jahrelang. Erst dauerte es Wochen, bis X. festgenommen wurde. Die Familie des Opfers, bekannt und betucht, erschien in allen Zeitungen, war im Radio zu hören und im Fernsehen zu sehen, gab sich abwechselnd verzweifelt und wütend, lobte hohe Belohnungen aus, wurde unweigerlich zur Zielscheibe der Kritik. Es stecke mehr dahinter, als es auf den ersten Blick den Anschein habe. Die Familie soll auf nicht ganz legale Weise an ihr Geld gekommen sein. War dies nicht eine Abrechnung? Wurde erpresst und nicht bezahlt? Das Opfer soll eine verwöhnte Göre gewesen sein, die nie hatte arbeiten müssen, die von einer Ausschweifung zur nächsten lebte. Da war es doch offensichtlich, dass sie selbst schuld war. Sie musste einfach in Schwierigkeiten geraten. Sie hatte Probleme gesucht und gefunden.

Nach der Verhaftung verlagerte sich die Aufmerksamkeit auf den Verdächtigen und seine Frau. Da er hinter Gittern saß, spielte sie in seinem Namen die gekränkte Unschuld, übernahm damit die Rolle, die das Opfer nicht zu spielen verstand. In den Zeitungen war sie allgegenwärtig, stets mit Foto – keine Selbstverständlichkeit in einer Zeit, in der es noch sehr viel nüchterner zuging – und vollständigem Namen, da sie, wie sie stets betonte, nichts zu verbergen hatte. Gekleidet war sie immer in Schwarz.

An der Schuld ihres Ehemannes zweifelte allerdings niemand. Auch der Richter nicht, und so wurde X. zu fünfzehn Jahren Haft verurteilt. Die spätere Witwe verdoppelte ihre Anstrengungen und startete eine regelrechte Medienoffensive. Sie war charmant, intelligent und verstand es, den richtigen Ton zu treffen – ich weiß inzwischen, Kommissar, wie gut sie das kann –, und sie hatte Erfolg. Immer häufiger wurde öffentlich die Frage gestellt, ob X. eigentlich zu Recht verurteilt worden sei. Aus allen möglichen Ecken wurden neue Verdächtige hervorgeholt, einer unwahrscheinlicher als der andere. Die offiziellen Stellen zeigten sich unbeeindruckt und unternahmen nichts. Sie wurden dafür bestraft, denn in einem spektakulären Revisionsprozess, zu dem es natürlich kam, wurde X. freigesprochen. Trotz wiederholter Versuche, ihn doch noch zu verurteilen, ist er in relativer Freiheit gestorben.

Dieser Tatsache haben Sie indirekt Ihren Posten zu verdanken, das wissen Sie genauso gut wie ich. Der verantwortliche Kommissar ging, er wurde, wie man so sagt, wegbefördert, und alle rückten ein Stück auf. Alle außer mir. Das war der Moment, in dem Sie mich überholt haben. Die Beförderung, die eigentlich mir zugestanden hätte, haben Sie bekommen. Ich hatte nichts falsch gemacht. Man hatte mich schlicht vergessen. Ich hatte zu wenig auf mich aufmerksam gemacht, hatte nicht genug von mir hören lassen. Es war mir gleichgültig. Ich fühlte mich nicht als Mitglied des Polizeikorps, so wie ich kein Mitglied eines Freundeskreises oder einer Familie bin, und deshalb beschäftigte ich mich auch nicht mit meinem Status. Es veränderte sich nichts, und wenn es etwas gibt, das ich immer angestrebt habe, dann ist es Kontinuität.

Mit dem Freispruch war das Theater übrigens noch nicht beendet. Es folgten das Berufungsverfahren, das X. ebenfalls gewann, zur erneuten Überraschung der gesamten Dienststelle – wir lernen es nie –, und die Schadensersatzforderung, die X.s Anwalt danach einreichte. Die Schlamperei von Polizei und Justiz kostete den Staat eine ordentliche Summe – der genaue Betrag wurde nie bekannt. Der Mühlenmord hielt sich hartnäckig in den Medien. Neue Verdächtige tauchten auf, einige wurden verhört, einer sogar verhaftet, gelegentlich rückte wieder X. ins Rampenlicht – der natürlich der Schuldige war, das merkte jeder, und die Untersuchung, die zu diesem ungewöhnlichen Bericht geführt hat, den Sie jetzt lesen, hat mich nur noch mehr davon überzeugt –, aber niemand wurde je verurteilt. Erst Jahre später geriet der Fall allmählich in Vergessenheit.

Verstehe ich zu viel? Kann ich mich zu gut einfühlen? Vielleicht ist es nur maskierte Gleichgültigkeit. Ich verstehe den Mörder, weil mir nicht wirklich wichtig ist, was er tut. Verstehen ist ebenso unmoralisch wie Gleichgültigkeit. Beide entspringen dem Egoismus, gehen an dem anderen achtlos vorüber.

Auf der anderen Seite gibt es die vollkommene Unbegreiflichkeit des täglichen Lebens. Da ist die Verlegenheit, die Unangepasstheit, die Ungeschicklichkeit und die Trägheit. Man kann sie unterdrücken oder überspielen, aber nicht überwinden. Ein Glück im Unglück.

Es ist ein Klischee, aber jeder glaubt daran: Letztlich wird der Täter entlarvt und zur Rechenschaft gezogen. Immer. Oder zumindest meistens. Nicht nur in Büchern, sondern auch im sogenannten wirklichen Leben. Jeder glaubt daran, sogar ich. Vier lange Jahrzehnte als Polizist haben das nicht ändern können. Ich müsste es besser wissen, aber der Mythos ist zu stark – worüber wir uns letztlich freuen sollten, denn es ist der Mythos der unantastbaren Gerechtigkeit, der die meisten Menschen im Zaum hält.

Glaube nicht an Prinzipien oder Gewissen. Es ist die Angst, bestraft zu werden, wenn nicht in diesem Leben, dann spätestens im nächsten oder in einem gerechten und schonungslosen Jenseits. Der Mensch ist ein Kind. Er glaubt noch an das Gute.

Es ist schön, eine Pistole gekauft zu haben. Aber ist es sinnvoll? Man kann sich vorstellen, eine Pistole zu kaufen, sie in der

Hand zu spüren, die Schwere des noch unbenutzten Gegenstandes, man kann sich vorstellen, wie es ist, sie zu benutzen. Die Fantasie steht der Wirklichkeit in nichts nach – im Gegenteil. Der Gedanke an eine Frau kann die Frau ersetzen, was es ermöglicht, die Tat allein zu vollziehen, ohne dass es jemand merkt, ohne das Risiko eines Scheiterns einzugehen.

Denkt der Mörder so? Ist der Mord nicht mehr als die Beseitigung des Zeugen, der die Pistole sah, der den Gedanken an den Mord in den Augen des Täters bemerkte? Das wäre verständlich.

Es ist nicht schwer, sich eine Pistole zu besorgen. Man muss nur die richtigen Leute kennen.

8 Spaziergang | Nachdenken

Von der Dienststelle, die am Stadtrand liegt, ist es ein Spaziergang von einer halben Stunde zu dem Polder, auf dem die alte Mühle allmählich zerfällt. Ich gehe langsam, zunächst ganz bewusst, später wie von selbst. Die gute Stimmung, die ich mir von diesem Spaziergang erhofft habe, bleibt aus.

»Sieh dich um«, fordere ich mich auf, »genieß es!« Die Sonne scheint. Die Stadt ist das Leben, du wohnst mittendrin. Das ist doch schön? Ich sporne mich an, ermuntere mich, weise mich zurecht. Es hilft alles nichts. Ich gebe auf. Mit gesenktem Kopf ertrage ich die Gedanken, die mich überkommen, wie ein Kirschbaum einen Schwarm Stare, ein Verurteilter die verdienten Stockhiebe, ein alter Mann sein Schicksal. Wo finde ich die Lebenslust, die doch in jedem Menschen schlummert?

Die verwinkelten Straßen mit ihrem jahrhundertealten Kopfsteinpflaster glänzen vor Stolz. Sie strahlen, als wäre der Spätsommer ihr Verdienst, als hätten sie es geschafft, diesen Herbst zu verzaubern. Die Pflastersteine sind unzählige glühende Wangen. Die Stadt ist jung, und sie weiß es. Sie kokettiert, zwinkert, kichert. Eine alte Frau, die sich benimmt wie ein junges Mädchen. Sie ist schön.

Tagsüber ist die Stadt ein unbeschwerter Ort. Viele Häuser sind leer, nur wenige Fernseher laufen. In den Wohnzimmern und Vorgärten sind streitende Kinder und schimpfende Eltern zu sehen, aber es ist ein gemütliches Schimpfen, ein romantisches Streiten.

Ich schlucke. Ich nehme die Aktentasche, die ständig gegen das eine Bein baumelt, zum Ausgleich in die andere Hand. Ohne nachzudenken, schlage ich einen Seitenweg ein, der nicht zur alten Mühle führt. Der Weg ist mir vertraut, ich folge ihm wie betäubt. Gleichzeitig bin ich hellwach, registriere jeden Stein, jeden Baum, jeden herumliegenden Papierschnipsel. Es ist kein Durchgangsweg, aber ich bin hier schon gewesen. Sehr oft sogar. Es dauert eine Weile, bis ich es begreife, aber dann merke ich, dass ich denselben Weg gehe, den ich vor mehr als fünfzig Jahren täglich von der Schule nach Hause gegangen bin.

Ein paar Minuten später bin ich in der Straße, in der ich aufgewachsen bin. Alles ist unverändert. Mir kommen die Tränen. Ich war bestimmt seit dreißig Jahren nicht mehr hier. Mich überkommt ein tiefer Hass auf die Menschheit, stellvertretend für die Zeit, die man nun einmal schlecht hassen kann.

Alles unverändert! Es ist zum Verrücktwerden. Dieselben Häuser, dieselben Straßennamen, dieselben Bäume. Das Loch in den Sträuchern um die Ecke, durch das ich kroch, um an einer geschützten Stelle allein zu sein, um mit einem kleinen Soldaten oder einem Auto zu spielen, um zu lesen und in aller Ruhe darauf zu warten, dass es Essenszeit wurde. Der kleine Platz, auf dem wir   manchmal machte ich mit – Fußball spielten, bis es dunkel wurde. Der Weg mit der nicht immer abgeschlossenen Gartentür, hinter der ein großer, schwarzer Hund lebte. Meistens beließ er es dabei, zu bellen und zu knurren, was einschüchternd genug war. Manchmal jedoch schoss er hinter der Tür hervor und jagte die spielenden Kinder. Regelmäßig erwischte er eines. Einen solchen Hund würde man heute auf der Stelle einschläfern.

Zu meiner Überraschung erinnere ich mich plötzlich an den Moment, in dem ich von der schrecklichen Bestie in die Enge getrieben wurde. Am Ende einer Sackgasse, die ich natürlich kannte, in die ich in meiner Panik aber trotzdem hineingelaufen war, drehte ich mich um. Ich schlug die Hände vors Gesicht, rechnete mit der dramatischen Fantasie eines Zehnjährigen fest damit zu sterben. Dann hatte ich eine Eingebung. Ich rief so laut wie möglich: »Aus!« Und noch einmal: »Aus!« Der Hund blieb verdutzt stehen, sah mich zögernd an, bellte noch einmal, drehte sich um und lief zu seinem Garten zurück. Mit eingezogenem Schwanz, würde ich jetzt gerne sagen, aber so genau erinnere ich mich nicht. Ich weiß nur noch, dass ich zitternd da stand und stolz war, stolz wie nie zuvor. Ich hatte mich gewehrt. Zwar erst in höchster Not, aus Panik, nicht aus reiflicher Überlegung, aber trotzdem. Eine Heldentat. Es war möglich.

Am Ende meiner Straße – es ist immer noch meine Straße, stelle ich fest – bleibe ich stehen. Ich drehe mich langsam, beinahe feierlich um und betrachte mein Haus. Als ich daran vorbeiging, hatte ich nicht gewagt, stehen zu bleiben, sondern nur einen schnellen Blick durch das Fenster geworfen: Stühle aus Eichenholz, geblümte Tischdecken, verzierte Lampenschirme, alles muffig, alles genau richtig. Ich nicke und fasse einen Entschluss, glaube ich, allerdings ohne zu wissen, welchen. Ich beschließe, das Leben schön zu finden. Es ist schön, rede ich mir ein. Es ist schwarz und leer. Und für einen kurzen Moment bin ich glücklich, zumindest zufrieden, versöhnt.

Warum bin ich hergekommen? Ich muss mir diese Frage stellen. Früher bin ich ihr ausgewichen, aber dieser Bericht zwingt mich, hart zu sein. Man könnte es die heilsame Wirkung des Schreibens nennen. Ich erkunde meine Beweggründe, meine heimlichen Sehnsüchte – wie ich es bei den Kriminellen tue, die ich ausfindig mache.

Ich bin mir allerdings sicher, dass es nicht zu meinen Sehnsüchten gehört, meine Jugend noch einmal zu erleben. Ich hatte keine Jugend, zumindest habe ich wenig erlebt, so wie ich danach kein Leben führte. Vielleicht habe ich das Bedürfnis, herauszufinden – ich bitte um Entschuldigung, dass ich den Hobbypsychologen spiele –, in welchem Moment ich den Anschluss verpasst habe.

Gäbe es doch nur einen Krieg, hätte man doch etwas zu tun, das man bereut oder auf das man stolz sein kann. Das wäre ein ordentlicher Schritt auf dem Weg zu meinen vierundsechzig Jahren von heute. Wie gesagt, ich habe viel nachzuholen.

Ich drehe mich resolut um. Man soll nicht versuchen, ein anderer zu werden, das ist das Dümmste, was man tun kann. Meine Zeit kommt schon noch.

Das leere, ungenutzte Feld, die alte Mühle. Die neuen Mühlen, deplatziert und heimisch zugleich. Die Sonne steht so hoch am wolkenlosen Himmel, wie es die Jahreszeit zulässt. Das Weiß der neuen Mühlen und das Blau des Himmels strahlen um die Wette. Der verwahrloste Polder und die klapprige Wassermühle können es nicht einmal annähernd mit ihnen aufnehmen. Missmutige alte Leute, die die strahlende Jugend wie Luft behandeln, denn früher war alles besser, das weiß doch jeder.

Nach dem Mord wurde die Mühle ein noch beliebterer Treffpunkt für Liebespaare. Diese Tatsache, die ich aus den alten Zeitungen erfuhr, die ich jeden Morgen pflichtbewusst durchforstete – die übrigens nicht weniger interessant sind als die Zeitungen von heute, im Gegenteil –, ließ mich meinen Glauben an das Gute im Menschen, den ich aus beruflichen Gründen ab und zu simulierte, endgültig verlieren. Ich verlor sogar die Lust, ihn vorzutäuschen. Wie billig, wie kindisch. Schmeißfliegen sind das, Aasgeier. Die meisten zumindest.

Es gibt zwei Arten zu leben: Man kann handeln, so wie der Mörder, oder man kann es unterlassen, so wie ich. Alles dazwischen taugt nichts. Der Tourist ist ein Idiot, der Leser ein Besserwisser, der sich weigert, Position zu beziehen – ein Zuschauer, immer in der ersten Reihe, nie auf dem Podium, nie einfach zu Hause geblieben. Abhängig von der Aufregung aus zweiter Hand.

Nein. Ich muss ehrlich sein. Die Rangfolge ist eine andere. Ganz oben steht, wer handelt, das ist selbstverständlich, aber direkt danach kommt der normale Mann, die normale Frau, die fantasiert, die sich Filme ansieht, Bücher liest, auf Friedhöfe geht, wo die sterblichen Überreste von Berühmtheiten liegen, die Souvenirs kauft und die Mühle nach dem Mord noch viel erregender findet als vorher.

Es war höchste Zeit, an die Arbeit zu gehen.

Auf dem Rückweg ging ich in eine Kneipe. Es war halb vier, ich war also im Dienst – ein Dienst ohne Aufgabenbereich, zumindest in den letzten Jahren, aber trotzdem. Irgendwo in mir lebt noch ein Pflichtgefühl. Wenigstens etwas, das lebt. Es bereitet mir große Genugtuung, es langsam und systematisch zu ersticken. Ich muss es loswerden, bevor ich in Pension gehe, so viel steht fest, denn danach habe ich nichts mehr davon.

Ich bestellte einen doppelten Genever. Mein dummes Grinsen, das ich auch ohne Spiegel deutlich vor mir sah, ärgerte mich – wie ein kleiner Junge, der sich getraut hat, zwei Kekse zu klauen, und sich vornimmt, hinterher knallhart zu lügen. Aber der Barmann schien nichts zu bemerken. »Bitte sehr«, sagte er. Ich nickte, etwas zu grob, und trank mühsam mein Glas aus.

Da war sie wieder. Was machte ich hier? Ich wäre zu einem Mord bereit, um wenigstens für eine Stunde von dieser quälenden Frage verschont zu bleiben. Ich machte hier nichts. Ich trank Schnaps, immer noch etwas widerwillig, obwohl ich mich schnell daran gewöhnte, und fühlte mich gehetzt.

»So«, sagte ich, als das Glas leer war. Ich hatte es nicht wirklich genießen können. »Auf zur Alten!« Für einen Moment fühlte ich mich gut, aber als ich verschmitzt aufblickte, sah ich, wie der Barmann mich erstaunt anstarrte. Ich zuckte entschuldigend mit den Schultern. Der Barmann schüttelte den Kopf und trocknete das Glas ab, das er in der Hand hielt. Ich legte ein paar Münzen auf die Theke und schlich mich davon. Auf zur Alten, dachte ich, auf zur nächsten Station meines sorgfältig geplanten Spaziergangs. Auf zu meiner Witwe.

Ich verstehe den Mörder, aber den Liebhaber verstehe ich nicht. Warum stürzt er sich in ein Abenteuer, das schiefgehen muss, das mit Betrug, Zurückweisung oder Schlimmerem endet? Im Grunde kapituliert er, statt zu kämpfen, wie der Mörder es tut. Doch jetzt bin ich selbst einer. Ein fremder Mann, der in einem fremden Schlafzimmer neben einer fremden Frau liegt und den Spiegel an der Tür anstarrt, der den Raum in ein grelles Licht taucht, als würde er das Sonnenlicht nur teilweise reflektieren. Nur das Licht, nicht die Wärme.

Ich versuchte, zu leben und meiner Arbeit nachzugehen. Ich fand die Liebe. Aus Versehen. Seither befinde ich mich in einem permanenten Zustand der Fassungslosigkeit, mahlt mein Gehirn fieberhaft, unaufhörlich. Doch das gelieferte Getreide taugt nichts, das Mehl also auch nicht. Keine Schlussfolgerungen, keine plausiblen Theorien, keine Anhaltspunkte.

»Denk nicht so viel nach«, sagte sie. »Sei nicht so zurückhaltend.« Sie sah mich spöttisch an. »Warte, ich helfe dir.« Und sie beugte sich vor und küsste mich. Das war das zweite Mal – das erste Mal zählt nicht, weil ich getrunken hatte und so tun konnte, als wäre nichts geschehen. Ich erwiderte den Kuss nicht, sodass ich mich gezwungen fühlte, mich umständlich zu entschuldigen. Ich erklärte ihr kurzerhand meine bedingungslose Liebe. Bis dahin war ich mir dieser Liebe nicht bewusst gewesen, vielleicht existierte sie auch gar nicht. Aber ich musste etwas sagen. Aus purer Höflichkeit. Wir gingen nach oben und erlebten eine angenehme, wenn auch etwas verlegene Stunde.

Vielleicht besteht das Missverständnis darin: Liebe ist nicht etwas, das man fühlt, gibt, bekommt, Liebe ist etwas, das man tut. Für das Leben gilt das Gleiche. Ich habe das lange nicht verstanden, habe immer nur gewartet. Es spielt keine Rolle, ob ich sie liebte, ob sie mich liebte, oder ob es nur Zuneigung war. Es gab ein stillschweigendes Einverständnis, das reichte.

Mir wurde klar, dass ich all die Jahre vergeblich gesucht hatte. Und auf einmal fühlte ich mich alt. Zum ersten Mal. So wie ich mich in meiner sogenannten Jugend nie jung gefühlt hatte, war ich später auch nicht alt. Die ersten grauen Haare, es muss sie gegeben haben. Ich kann mich aber nicht daran erinnern. Niemand hat mich darauf hingewiesen, weil es niemanden gab, der sich dafür interessierte. Beginnende oder fortgeschrittene Steifheit: Ich merkte nichts davon, jedenfalls nicht mehr als von einer Erkältung oder Grippe. Außerdem jogge ich nicht gern.

Schon früher, als es noch möglich gewesen wäre, konnte ich es nicht ausstehen.

Aber jetzt spürte ich, wie das Alter über mich hinwegfegte wie ein plötzlicher kalter Wind am Ende des Sommers. Es kam näher, war schon da, und würde erst wieder weggehen, wenn ich vollkommen ausgezehrt war. Gerade jetzt, da ich endlich etwas von dem Leben schmeckte, und es schmeckte nach mehr, nach viel mehr. Ich wollte nicht. Ich hatte Lust, so lange wie ein beleidigtes Kind zu heulen, bis alles verschwunden wäre, was ich nicht schon wollte. Ich drücke mich falsch aus. Was sich nähert, ist nicht der Tod, sondern das Alter, die Krankheit. Man kann langsam abbauen, immer kränker werden, aber man kann nicht allmählich sterben. Man ist da, und dann ist man nicht mehr da.

Tröstet das? Ich denke schon.

»Du behinderst die Untersuchung«, sagte ich halb lachend. Das Schlafzimmer war in das matte Licht des viel zu heißen Spätsommers getaucht.

»Welche Untersuchung?«

Gute Frage. Vielleicht verzichte ich darauf, diesen Bericht abzugeben, aus dem einfachen Grund, weil es kein regulärer Bericht ist. Ich nehme an, es macht niemandem etwas aus. Ich habe es nicht mehr geschafft, ihn vor meiner Pensionierung fertigzustellen, wollen wir es dabei belassen?

9 Mord | Medien

Die Abschweifungen bitte ich zu entschuldigen. Zurück zum Mord. Die Zeit, die du hiermit verbringst – du bist verpflichtet, diesen Bericht von Anfang bis Ende zu lesen, oder lesen zu lassen, worüber ich mich diebisch freue –, wird nicht vollkommen verloren sein. Schließlich ist dies auch als ernstzunehmende polizeiliche Untersuchung gemeint – eine Untersuchung über die Umstände einer Untersuchung ist genauso gut wie eine Untersuchung. Es kommt darauf an, dass sie etwas taugt. Allerdings können die Ergebnisse, ich warne schon einmal vor, enttäuschend sein. Wenig Neues gefunden, zumindest, was den Mühlenmord betrifft. Sogar das, was schon bekannt war oder vorausgesetzt wurde, konnte nur teilweise bestätigt werden.

Womit sich wieder die Frage stellt, warum du mir das aufgehalst hast, alter Freund. Wirklich nur, um mich auf eine bequeme Art loszuwerden, bis ich von selbst in die Pensionierung verschwinde? Oder steckt mehr dahinter? Du kannst mich nicht ausstehen, weil du denkst, dass ich dich nicht ausstehen kann. So einfach ist das, nicht wahr? Lass mich dir etwas sagen: Die Beförderung, die jetzt auch schon dreißig Jahre her ist, habe ich dir nie übelgenommen. Du warst ein paar Jahre jünger als ich. Na und? Du hast sicher hinter meinem Rücken intrigiert, vielleicht hast du sogar Unwahrheiten über mich verbreitet, aber so ist der Mensch, das weiß ich aus Erfahrung, schließlich beobachte ich ihn seit Jahrzehnten. Ich zucke mit den Schultern, kann mittlerweile darüber lachen.

Selbst das Ende unserer Freundschaft war mir gleichgültig. Ich glaube nicht an Freundschaft. Eine Fabel, noch dazu eine wenig inspirierende. Ich habe keine Ahnung, wofür die Tiere, die die Hauptrollen spielen, stehen sollen. Sie sind so inhaltsleer wie eine zerrissene Plastiktüte, die in einer Gracht treibt. Der Erzähler blickt mich triumphierend an. »Siehst du?«, scheint er sagen zu wollen. »Schön, nicht wahr?« Ich ziehe die Augenbrauen hoch und schüttle den Kopf. Kann sein.

Also zurück zum Mord, jedenfalls zu meinem Untersuchungsbericht. Ich habe einen Artikel in einer der Zeitungen gelesen, die ich aus dem Archiv geholt hatte. In diesem Artikel wird auf ein Interview verwiesen, das einige Tage zuvor in derselben Zeitung erschienen war, ein Interview mit dem Anwalt von X. Der gute Mann hatte über juristische Prozeduren gesprochen, Formfehler und Ähnliches, was nun heftig kritisiert wurde. Dass er sich auf solche Dinge zu berufen wage, so der Tenor, sei ein Zeichen für den moralischen Bankrott, auf den unsere Gesellschaft zusteuere. Ein ziemlich populistischer Artikel, der eine hitzige Debatte in den Kommentarspalten der Zeitung auslöste. Ich habe sämtliche Beiträge mit dem denkbar größten Widerwillen gelesen.

Nur das Interview mit dem Anwalt fehlte noch. Jeder Leserbrief, jeder Kommentar, der den Mühlenmord indirekt erwähnte, war in unserem mustergültigen Archiv aufbewahrt worden, nur nicht das Interview. Es schien mir unwahrscheinlich, dass es wichtig war, ich war vielmehr davon überzeugt, dass es genauso langweilig war wie die Reaktionen darauf. Aber ich bin ein guter

Beamter, der seine Pflicht ernst nimmt, also forderte ich das Interview an.

Dies hatte einen unerwarteten Effekt, der ebenso amüsant wie beunruhigend war. Wie vermutet, war das Interview das Papier nicht wert, auf dem es gedruckt wurde. Ein trockenes Plädoyer, das in erster Linie den Zweck hatte, den Ruf des Interviewten aufzupolieren, der mit einer Reihe wenig kritischer Fragen dabei unterstützt wurde. Aber die Tatsache, dass ich es anforderte – schließlich war ich immer noch ein Polizist im Dienst –, entging nicht der Aufmerksamkeit der Redaktion. Es begann mit einer kleinen Meldung auf der zweiten Seite: *Ermittlungen in dreißig Jahre altem Mordfall wieder aufgenommen.* Ich musste grinsen, als ich das sah. Aber danach lief die Sache aus dem Ruder. Das fand ich zumindest – ich mag keinen Wirbel, erst recht nicht, wenn ich selbst im Mittelpunkt stehe. Solange ich meinen Geburtstag noch gefeiert habe, war dies der schlimmste Tag des Jahres. Als Kind habe ich das nie verstanden. Jeder andere freute sich auf diesen Tag, genoss ihn, strahlte vor Freude. Nur ich nicht. Ich war zwar aufgeregt, schlief schlecht, machte ins Bett, das gehörte nun einmal dazu, aber der Tag selbst war ein Schrecken, der kein Ende zu nehmen schien. Danach dauerte es Tage, bis ich die Angst und das Unbehagen abgeschüttelt hatte und wieder einigermaßen normal funktionierte. Ich ließ mir natürlich nichts anmerken, ich lachte und spielte mit den anderen, aber ich stand vollkommen neben mir. Abends im Bett heulte ich mir die Augen aus dem Kopf.

Einen Tag später, nachdem andere Medien die Meldung übernommen hatten, erschien die ›Nachricht‹ – ich setze das Wort in Anführungsstriche, denn die Untersuchung schien damals schon zu keinem Ergebnis zu führen, außerdem gab es im

Grunde keinen Anlass dazu – auf der Titelseite. Die Zeitung wollte sich ihren Aufmacher nicht nehmen lassen und blähte den Fall ordentlich auf. Das glimmende Feuer, zunächst nicht mehr als ein benutztes, nachglühendes Streichholz, flackerte auf und wurde zusätzlich angefacht.

Journalisten kamen und wollten mich sprechen. Danach kamen der Kommissar und meine Witwe an die Reihe. Die Witwe fand es herrlich. Sie blühte auf, wurde wieder ganz die entschlossene, beherzte Frau, die kühle Schönheit, die sie früher gewesen sein musste, die jeden um den Finger wickelte, die jede Situation wie selbstverständlich unter Kontrolle hatte. Sie genoss es. Es war faszinierend, sie zu beobachten. Sie schaffte es, ihre gesamte Lebensgeschichte seit dem Mordfall in mehreren Zeitungen auszuwalzen, Details dabei auszuschmücken, Unangenehmes zu kaschieren und sich stets ins rechte Licht zu rücken. Fotografen kamen zu Besuch, ihr Bild erschien in sämtlichen Printmedien, sie wurde täglich jünger und schöner.

Gleichzeitig äußerte sie auf subtile Art Zweifel an den Motiven der Polizei, den Fall neu aufzurollen. Ich fragte sie, was sie damit beabsichtigte. Sie lächelte nur, stand auf und ging in die Küche. Es war offensichtlich, dass die Audienz beendet war. Ich nahm meine Tasche, zog meine Jacke an und ging langsam zur Tür, um ihr die Gelegenheit zu geben, eventuell doch noch etwas zu sagen. Wie bereits erwähnt, war sie immer in Schwarz gekleidet. Ich glaube nicht, dass sie den Eindruck erwecken wollte, sie sei in Trauer – obwohl sie dazu imstande wäre. Ich glaube, sie wusste einfach, dass es ihr gut stand. Sie kam aus der Küche und nickte mir zu. Ich ging hinaus wie ein geschlagener Hund.

Womit Sie an der Reihe wären, Kommissar. Warum wurde der Fall neu aufgerollt? Hatte man neue Beweise gefunden? War nach all den Jahren ein vielversprechender Hinweis eingegangen? Sie hätten sich sehen sollen, wie Sie geschwitzt haben. Ich genoss es heimlich, angesichts der Kameras, die auch auf mich gerichtet waren. Sie schlichen um den heißen Brei herum, wollten nicht heraus mit der Sprache. Sie vermittelten doch sehr den Eindruck, dass Sie etwas zu verbergen haben.

Was also war der wahre Grund dafür, dass Sie diesen Fall wieder aus der Schublade geholt haben? Wollten Sie mich wirklich nur beschäftigen, damit ich niemandem mehr bei der Arbeit in die Quere käme? Oder steckte mehr dahinter? War strengste Geheimhaltung geboten, haben Sie mich deshalb auserkoren? Weil Sie wussten, dass ich niemandem etwas sagen würde? Weil ich nie mit jemandem rede?

Mir ist schleierhaft, wie ich so lange für Sie arbeiten konnte, ohne dass mir auch nur einmal der Kragen geplatzt ist. Das ist keine Selbstbeherrschung, das ist reine Nachlässigkeit.

Der Mord also. Mir fällt es schwer, bei der Sache zu bleiben. Es passiert so viel. Ich habe in den letzten Wochen mehr erlebt als in meinem ganzen bisherigen Leben. Ich habe Dinge getan, von denen ich nie gedacht hätte, dass ich sie tun würde. Ich habe die Liebe kennengelernt, zumindest eine Form von Liebe, vielleicht nicht unbedingt die eindrucksvollste. Und ich habe angefangen, mich selbst zu beobachten, was mich zwangsläufig verändert hat, sodass ich eigentlich wieder bei null angelangt bin. Wie machen die Leute das bloß? Die Unermüdlichkeit, die Kurzsichtigkeit! Aber ich habe mich auf alle möglichen Arten nicht herausgehalten.

Der Mord. Alles, was ich herausgefunden habe, bestätigt die Version, die ich, ebenso wie jeder andere, von Anfang an für die wahrscheinlichste gehalten habe: X. hat es getan. Es kam zum Streit, oder seine Geliebte wurde zu anspruchsvoll, oder es ging etwas mit ihm durch, oder jemand stachelte ihn dazu an – das Motiv war damals unklar und ist es noch heute. Die ursprüngliche Untersuchung, so leid es mir tut, das sagen zu müssen, scheint zu der richtigen Schlussfolgerung geführt zu haben, wenn auch beinahe aus Versehen, über verschlungene Pfade voller juristischer und fachtechnischer Schlampereien.

Warum bin ich dann immer weniger davon überzeugt? Es gibt keinen erkennbaren Grund. Ich rede mit meiner Witwe: Sie antwortet ausweichend, bestätigt aber die bekannten Fakten. Ich lese die Zeitungen, die vor dreißig Jahren erschienen sind: Keinem Journalisten gelingt es – obwohl viele es versucht haben –, Zweifel zu säen, die auch nur annähernd auf Tatsachen beruhen. Ich gehe zum Tatort und kehre mit leeren Händen zurück, auch wenn ich einen Augenblick lang glaube, eine Spur gefunden zu haben. Ich denke nach und gelange doch nicht zu neuen Erkenntnissen.

Ist es nur das fehlende Motiv? Er hätte die Beziehung doch einfach beenden können, wenn er das wollte, oder? Er hätte es doch bei ein paar Schlägen belassen und weggehen können, oder, wenn es denn wirklich sein musste, den Mord woanders verüben können, ohne so schrecklich viele Spuren zu hinterlassen, die nicht einmal ein Polizist übersehen konnte.

Dahinter steckt mehr. Ich weiß nur noch nicht, was.

10 Waffe | Witwe

Ich trage die Pistole mit mir herum, die vor dreißig Jahren das Leben einer jungen Frau beendete. Eine ähnliche Pistole natürlich, nicht dasselbe Exemplar. Es spielt keine große Rolle. Pistolen sind wie Menschen: austauschbar, uninteressant, gefährlich. Ich muss wissen, wie es sich anfühlt, die Möglichkeit, die Versuchung, die Abneigung – alle Mechanismen, die in einer explosiven Mischung zu dieser Tat geführt haben, die Abscheu hervorruft, aber auch eine Faszination, die noch immer nachwirkt.

In der Mühle, so muffig und kahl sie auch sein mag, lebt die Bestie. Daran ändern auch die hölzernen Trennwände und die überwiegend fantasielosen, mit billigen Filzstiften, Kugelschreibern und Taschenmessern gekritzelten Texte und Zeichnungen nichts. Es ist das gedämpfte Licht, das durch die Spalten dringt und in dem aufwirbelnden Staub Substanz erhält. Es ist der Geruch von altem Holz, der offenbar stärker ist als die Gerüche sämtlicher Körpersäfte, die hier vergossen wurden. Es ist das Wissen um das, was hier geschehen ist, das dem Raum eine Glut verleiht, die außerirdisch, fremdartig wirkt. Es ist die rauschende Stille, in der sich die Geräusche des Windes, des Flusses, der fernen Vögel mischen. Es ist die Wärme der Sonne, die durch die Holzwände dringt. Alles zusammen bildet ein seltsames, noch unbekanntes Tier, das es zu erforschen gilt.

Als ich die Tür öffne, um hinauszugehen, werde ich von Licht überflutet. Es dauert eine Weile, bis meine Augen den Schock verarbeitet haben. Das Erste, was ich sehe, ist eine Reihe fremdartiger Wächter, die mich wohlwollend betrachten. Wie klein er ist, sehe ich sie denken. Da versteckt sich nichts Böses. Vielleicht wächst er noch zu etwas Annehmbarem heran.

Die neuen Mühlen zu Besuch an der Wiege. Sie stehen bereit, um mich zu beschützen, zu bestrafen, zu verlassen. In dieser Reihenfolge. Sie sind strahlender als der Himmel, schöner als der Fluss. Die Rotorblätter drehen sich ruhig, aber kräftig, scheinbar unabhängig vom Wind. Es sieht aus, als würden sie sich kurz strecken, steif vom Stillstehen, wie sie sind. Sie haben lange gewartet. Ich meine sogar, ein Knarren zu hören, ein unbestimmtes Rumpeln, und wenn ich es nicht besser wüsste, würde ich vermuten, dass sich etwas gelockert hat.

Die Flügel der alten Mühle stehen still, wurden schon vor Jahrzehnten arretiert. Ich umklammere die kalte Pistole. Ich fühle mich stark. Ob das an meinem Standort auf der Treppe liegt, von dem aus ich über den Polder blicke, an der Weite, der Einsamkeit oder an dem Gefühl von Macht, das die potentielle Mordwaffe in der Hand mir verleiht, weiß ich nicht. Es kann auch die Aussicht selbst sein, die ich als Einziger genieße, die für mich allein geschaffen wurde. Alles ist schön. Es ist nur eines erforderlich: der Mut, es zu sehen.

Ich arbeitete mich durch den gesamten Stapel alter Zeitungen, Vernehmungsprotokolle, Berichte, Pressemitteilungen, doch was ich las, war uninteressant. Bis auf die Interviews mit der Witwe. Bei ihr lag der Schlüssel. Ich fragte sie nach dem Warum und dem Wie, und ich notierte die Antworten sorgfältig, so ausweichend und rätselhaft sie auch waren, einschließlich der Pausen und Versprecher. Es lag an mir, dass ich nicht alles verstand.

Warum zeigt sie nicht das geringste Interesse für den Mord? Ich begreife das nicht. Mangel an Einfühlungsvermögen? Gleichgültigkeit? Dass sie nicht um den Tod ihrer Rivalin trauerte, ist vielleicht verständlich. Dass sie einem Mörder treu blieb, ist zwar ebenso wenig strafbar, aber schon deutlich schwerer zu verdauen. Wäre ich es gewesen, der geblieben wäre, dann wäre es aus reiner Nachlässigkeit geschehen. Ich hätte einfach vergessen wegzugehen. Aber bei ihr hat jede Handlung ein Ziel, auch wenn es ein emotionales, unreflektiertes Ziel ist. Wenn sie bleibt, dann tut sie es, weil sie nicht weggehen will.

Ich habe das Gefühl, dass sie etwas verschweigt. Das ist kein Wunder, denn sie sagt fast nichts, aber trotzdem. Sie manipuliert mich, das ist offensichtlich. Nicht, dass ich viel dagegen tun könnte: Ich weiß bei Gott nicht, wie mir geschieht. Aber ich bin froh, *dass* etwas geschieht. Ihr Schweigen macht mich verrückt und erregt mich zugleich. Ich betrachte sie im Spiegel an der Tür. Ich versuche, mich selbst nicht zu sehen.

Wir spielen Jugend. Es ist ein schlechtes, peinliches Theaterstück. Das ist es, wofür ich mich schäme. Wir benehmen uns nicht wie die besonnenen Sechziger, die wir sind. Und ich weiß nicht, ob der Grund dafür ist, dass das Alter eine Lüge ist, die sich die stets überspannten Dreißig- und Vierzigjährigen ausgedacht haben, oder weil wir krampfhaft jung bleiben wollen. Vielleicht muss ich sie einmal danach fragen. Von mir selbst brauche ich keine vernünftige Antwort zu erwarten. Ich lasse mich führen wie ein Schuljunge von einem Schulmädchen, das gleichaltrig, aber viel reifer ist. Sie spielt eine Rolle, und ich mache mit, weil es viel schwerer ist, nicht mitzumachen.

Da ist die Pistole, die Hand, der tote Körper mit den Schuss-
wunden, das Blut, der Tatort, aber sie haben nichts miteinander
zu tun. Der Zusammenhang fehlt.

11 Tod | Büro

Es gibt viele Arten, alt zu werden. Die miserabelste: Weglaufen. Gefolgt von plastischer Chirurgie, der Ehe und der Weltreise. Die schönste Art ist die des Mönchs. Dasitzen und warten. Wirklich leben. Aber es gibt noch mehr. Man kann dem Tod voller Ekstase in die Arme laufen, durch unnötige Risiken beim Autofahren und Bergsteigen oder schlicht durch einen schnellen Selbstmord. Und man kann andere vorausschicken. So wie der Mörder, dessen Opfer Briefe, Zettel, kurze Telefonanrufe hinterlassen: »Ich komme, mach dir keine Sorgen.« Noch ein paar Sachen regeln, hier und da etwas erledigen, dann komme ich. Du brauchst mich nicht abzuholen.

Der Mörder hat alles unter Kontrolle. Seine Bilanzen sind immer in Ordnung. In der Praxis ist es übrigens das Gegenteil. Die meisten Mörder, die ich kennengelernt habe, waren Dummköpfe, ungeschickte Kraftmeier, die den Durchblick verloren haben. Vollkommen schlecht sind sie selten. Aber so wie der Verfasser eines Kriminalromans auf der Suche nach dem perfekten Mord ist – mehr noch als der Kriminelle, der höchstens als Gedankenspiel daran interessiert ist, dem es ansonsten aber genügt, wenn er nicht erwischt wird –, sehne ich mich nach dem perfekten Mörder.

Es waren die ersten Tage meiner sinnlosen Ermittlung. Mein Telefon blieb stumm, niemand kam an meinen Schreibtisch, der Papierstapel, der darauf lag, schrumpfte zwar kaum, vergrößerte sich aber auch nicht ständig durch neue Akten, Memos, Richtlinien und alle möglichen anderen Papiere. Das gesamte Spiel, das um mich herum so ernsthaft und verbissen gespielt wurde, als wäre es tatsächlich wichtig, ging an mir vorbei.

Vor ein paar Jahren war die Dienststelle in ein Großraumbüro umgestaltet worden. Ein schöner Begriff, keine Frage. Das Resultat dieser mit viel Aufwand angekündigten Aktion war jedoch absehbar. Die halbhohen grauen Trennwände, die aufgestellt wurden, und die unbeschreiblichen Mengen an Grün – ausschließlich Grün, keine einzige Blume oder das ruhige Braun eines Baumstammes – sorgten für eine Eintönigkeit, die um ein Vielfaches größer war als zuvor, als jeder noch sein eigenes Zimmer hatte, das man sich manchmal mit einem oder zwei anderen teilte. Zwar war nicht jeder Raum individuell eingerichtet, aber es wäre möglich gewesen. Wenn jemand ein Bild von zu Hause mitnahm, sich einen anderen Bürostuhl hinstellte, Zeit und manchmal sogar Geld in das Zimmer steckte, in dem er doch einen beträchtlichen Teil seines Lebens verbrachte, wirkte sich das tatsächlich positiv auf die Atmosphäre aus. Es wurde darüber geredet, manchmal höhnisch, meistens aber mit Wertschätzung, das Vorbild fand Nachahmer oder regte wenigstens zum Nachdenken an.

Jetzt, nach der kostspieligen Metamorphose, die die Dienststelle durchgemacht hatte und die offiziell dem Zweck diente, die Eintönigkeit zu bekämpfen und zwischenmenschliche Kontakte zu fördern, gab es das nicht mehr. Die Aktion hatte das Gegenteil von dem bewirkt, was eigentlich beabsichtigt war.

Ich sei mit meiner Arbeit verheiratet, habt ihr mir einmal gesagt. Dann ist es aber eine Ehe, die bis zum fünfundsechzigsten Lebensjahr dauert und dann automatisch aufgelöst wird – einseitig gekündigt, könnte man sagen. Vielleicht wäre eine richtige Ehe doch die bessere Idee gewesen.

Was nun? Ein letzter Versuch, etwas daraus zu machen. Diesen unwichtigen, vergessenen Fall, der so gut zu mir passt, habe ich behandelt wie jeden anderen, sogar mit besonderem Einsatz. Ich habe mich nie gedrückt, aber ich habe mich auch nie verausgabt. Ich habe eigentlich für mich selbst gearbeitet, weil ich nun einmal im Dienst war. Freue ich mich auf meine Pensionierung? An diesem Tag werde ich meinen Dienstausweis abgeben müssen. Es wird der Tag sein, an dem ich meinen leeren Schreibtisch, der doch so etwas wie ein Zuhause war – mit allen positiven und negativen Aspekten –, zurücklasse.

Ich habe mich in meiner tristen Ecke totgelacht. Ein Großraumbüro! Aber was für eine jämmerliche Vegetation! Nichts Blühendes. Alle grau oder auf dem besten Weg dorthin. Und warum wird das Moderne immer so schnell alt? Das ist ein allgemein bekanntes Phänomen, aber die Entscheidungsträger, diese geheimnisvolle Gruppe von Leuten, die niemand persönlich zu kennen scheint, werden es nie lernen. In Kürze soll das Großraumbüro durch ein neues, revolutionäres Bürokonzept ersetzt werden, das eine deutliche Steigerung der Arbeitsproduktivität und Arbeitszufriedenheit bewirken soll. Glücklicherweise werde ich das nicht mehr erleben.

Ich habe mich totgelacht. Das ist nur so eine Redensart. Eigentlich verging mir das Lachen schnell. Ich sehe mich um und bemerke das Grau, das sich ausbreitet, geräuschlos und heimtückisch, eine rasant wachsende Schimmelschicht, die bald die ganze Welt bedecken wird, mich eingeschlossen. Bleibt noch Zeit, um auf die Suche nach einem Gegenmittel zu gehen, so giftig wie möglich? Ich bezweifle es.

Dieses Irrenhaus! Noch nie habe ich es so gesehen. Unter der erstickenden grauen Schicht brütet alles Mögliche. Die Gedanken sind nicht frisch, das haben Gedanken so an sich, aber innerhalb dieser Wände ist es schlimmer. Zwischen diesen Trennwänden versammelt man das Schlechteste, was der Mensch zu bieten hat, und man züchtet es, aus Neugier oder mit böser Absicht. Ein langweiliges Büro, so habe ich es immer gesehen. Ich habe das Schulterzucken zur Kunst erhoben, aber jetzt sehe ich es so, wie es ist. Das Böse ist hier. Es ist der Mensch, der ganz normale Mensch, und er maßt sich an, den anderen zu sagen, was gut ist und was nicht.

Die Welt ist ein Großraumbüro. Die Trennwände sind nicht hoch genug.

12 Möbeltischler | Mörder

Er war Möbeltischler. Habe ich das schon erwähnt? Ein Holz-schnitzer. Wenig passend, altmodisch. Seltsam.

Die Witwe machte mich auf ihren Esstisch aufmerksam. »Der ist dir sicher schon aufgefallen«, sagte sie. Das war nicht der Fall, denn ich bin von Natur aus nicht sehr aufmerksam, oder nicht sehr interessiert, wie Sie wollen, aber ich nickte. »Den hat er selbst gemacht, sogar die verzierten Beine.«

»Schön«, sagte ich zögernd. »Zumindest …« Vielleicht sollte ich etwas Abfälliges sagen, womöglich war dies eine vorsichtige Einladung zur Verschwörung. Aber sie nickte. »Elegant«, fügte ich hinzu. »Raffiniert.«

»Sein letztes Stück, bevor er ins Gefängnis ging«, sagte sie nachdenklich. »Ein Geschenk für mich.« Sie warf einen schnel-len Blick in meine Richtung. Sofort setzte sie wieder diese nach-denkliche, wehmütige Miene auf, die ihr so gut stand.

Ich hatte nicht gelogen. Die Tischbeine waren prächtig ver-ziert – etwas zu üppig für meinen Geschmack, aber trotzdem. Ich konnte mir nicht vorstellen, dass die Hand, die so detailver-liebt diese Schnörkel geschnitzt hatte, eine Pistole halten konn-te. Sie feuerte achtmal, wurde neu geladen, weitere acht Schüsse, ohrenbetäubend. Der Geruch von Pulver, Staub, Blut. Geschrei oder schlagartige Stille. Geröchel vielleicht. Ein lang gezogener

Triumphschrei oder ein wütendes Brummen. Danach blieb er, um sich zu amüsieren, oder ging, um sich wieder alltäglichen Dingen zuzuwenden. Nach Hause, um an dem kunstvollen Gegenstand weiterzuarbeiten, den ich mir hier ansah. Er wollte ihn seiner Frau schenken. Wusste er das damals schon, oder kam er erst später auf die Idee? Hatte sie vielleicht darum gebeten, direkt oder durch Anspielungen? Wenn sie etwas wollte, bekam sie es, das war mir mittlerweile klar.

Bleibt die Frage, warum sie bestimmte Dinge will. So wie X. zum Beispiel. Es gibt wesentlich Besseres auf der Welt, das ihr mit demselben Eifer angeboten wird. Sie ist ein Kind in einem Spielzeugladen, darf aussuchen, was sie will. Aber sie wählt das billigste Stück, eine unansehnliche Stoffpuppe, deren Nähte sich schon beim bloßen Hinsehen auflösen. Ein Auge hat sie schon verloren.

Vielleicht ist es sicherer, nicht zu viel zu verlangen. Aber das ist ein Gedanke, der eher zu mir passt.

Es geht darum, die Identität festzustellen. Die des Opfers ebenso wie die des Täters. (Die Identität des Polizisten ist bekannt, sie steht in seinem Dienstausweis. Er kann sich nach Herzenslust legitimieren.) Bei den Opfern, von besonders entstellten Exemplaren abgesehen, ist es normalerweise am leichtesten. Aber schön ist es nicht. Die Identifizierung erfolgt meistens durch Angehörige oder Freunde, jedenfalls durch Menschen, die das Opfer kennen. Es ist kein Vergnügen, als diensthabender Polizist dabei zu sein.

Noch schlimmer ist es, die Nachricht zu überbringen, das weiß jeder Kollege. Man steht vor der Haustür und zögert, den Finger ein paar Zentimeter über dem Klingelknopf, man hofft, dass niemand zu Hause ist, man hat einen Kloß im Hals, man verflucht sich selbst, seinen Beruf, die Welt, man redet sich mit aller Macht ein, dass alles nicht so wichtig ist, dass irgendjemand es schließlich tun muss, dass das Opfer bestimmt auch nicht so ein Schäfchen war und dass dies zweifellos auch für die Familie gilt, man wird unweigerlich sentimental. Vielleicht muss man sogar mit den Tränen kämpfen, wie sehr man sich dafür auch verachtet. Du hast mich oft losgeschickt, Kommissar. Ich zuckte mit den Schultern und ging. Ich war wahrscheinlich der Einzige, der das ohne Widerspruch tat. Doch selbst ich hatte keine Freude daran.

Nun gut. Jetzt kommt der interessante Teil: die Identität des Mörders. Die Jagd beginnt. Die Beute, selbst ein blitzschnelles Raubtier, hat einen beträchtlichen Vorsprung, der sich immer mehr vergrößert, weil es lange dauert, bis die Hunde versammelt sind und die Taktik besprochen ist. Hörner erschallen – die Beute ist gewarnt, falls sie das nicht schon längst war –, und die Gesellschaft bricht auf. Sie ist etwas ungeschickt, aber bedrohlich genug. Auffallend häufig erreicht sie ihr Ziel, häufiger, als man erwarten würde, obwohl nicht immer klar ist, ob der gefangene Fuchs auch der gesuchte ist. Zum Glück sind alle Füchse gleich.

Den Genuss, den die Jagd eigentlich bescheren sollte, sieht man den Gesichtern selten an. Es ist eine Pflicht, und es ist ermüdend. Wäre es doch schon fünf Uhr und Freitagnachmittag.

Am Wochenende herrscht Langeweile – obwohl das Wochenende für einen Polizisten auch auf die Mitte der Woche fallen kann –, aber der Mensch scheint an seiner Langeweile zu hängen. Ich kann darauf verzichten. Ich arbeite genauso gern durch: genauso langweilig, aber die Zeit vergeht schneller.

Ich muss zugeben, dass es mir schwerfällt, den Sinn dieser Untersuchung zu erkennen. Es ist vollkommen klar, dass X. den Mord begangen hat, und es ist vollkommen klar, dass man keine Beweise mehr findet. Viel interessanter ist die Witwe mit ihrer Treue, ihrer Entschlossenheit.

Der Mörder, das bin ich. Meine Witwe ist jemand anderes. Ich bin leicht zu durchschauen. Sie ist ein Rätsel.

Ich sitze in ihrem Wohnzimmer und überlege, wie ich sie zum Reden bringen kann – man könnte es Pflichtbewusstsein nennen. Tatsächlich brennen mir ganz andere Fragen unter den Nägeln. Es ist ein kleines Haus. In der oberen Etage gibt es zwei Zimmer, von denen eines ihr Schlafzimmer ist. Ich fühle mich jung und alt zugleich. Ich empfinde eine große Leere – das ist das Alter – und zittere vor Erwartung: die Jugend. Beides ist ausgesprochen unangenehm.

»Der Zucker ist alle«, sagt sie. Was soll ein Polizeibeamter mit einer solchen Bemerkung anfangen? Sie bleibt unentschlossen vor dem geöffneten Küchenschrank stehen.

»Soll ich schnell welchen holen?«, frage ich nach einer Weile. Sie dreht sich um und lächelt. »Gerne.« Sie ist schön.

Als ich nach zwanzig Minuten wiederkomme, füllt sie die Zuckerdose auf. Die Packung stellt sie in den Schrank. Für einen Augenblick meine ich zu sehen, dass dort schon eine Packung steht, die genauso aussieht, aber ich habe mich bestimmt geirrt. Es wird wohl Salz sein.

»Komm, setz dich zu mir«, sagt sie. Ich werde belohnt. Ich stehe auf und setze mich zu ihr aufs Sofa. Irgendetwas gefällt mir nicht. Ich würde am liebsten weglaufen. Aber diesmal muss alles anders werden. Ich fange gerade an zu leben. Dabei ist es so viel einfacher, sich herauszuhalten. Und viel angenehmer.

»Gut«, sage ich und ziehe meine Notizen hervor. »Womit fangen wir an?« Auf der Straße fährt ein Auto vorbei, die Sonne zeichnet geometrische Muster auf den Boden.

Ausweis. Ein merkwürdiges Wort. Darin verbergen sich Aggression und Regulierungswut, Selbstzufriedenheit und Kurzsichtigkeit.

Ich war zufrieden mit meinem Dienstausweis. Er versetzte mich in Erstaunen, behauptete Dinge, die vielleicht nicht unwahr waren, aber doch so seltsam, dass es nur zwei mögliche Reaktionen gab: ohne Nachfragen akzeptieren oder lachend ablehnen. Dass ich zu Letzterem neige, liegt auf der Hand. Haben Sie schon einmal ein surrealistisches Gemälde gesehen oder einen Roman des magischen Realismus gelesen? Das ist es, was ich meine. Die Welt ist ein verzauberter, unerklärlicher Ort. Jede Verdrehung der Tatsachen ist überflüssig, nichts als ein verlogener Versuch, die Bedrohung zu verschleiern. Es gibt keine Alternative zum Realismus. Die Wirklichkeit ist unglaublich genug.

Jedes Wort in diesem Bericht ist wahr, Kommissar. Jedes Wort ist ein glühendes Stück Kohle, das ich vom Boden aufhebe, um es ins Feuer zurückzuwerfen. Ich wundere mich für einen Moment, aber bevor ich mir die Finger verbrenne, oder kurz danach, lasse ich es los. Ich ziehe Schlussfolgerungen, die schockierend sein können, zumindest für mich. Für Sie werden sie vielleicht weniger interessant sein.

Ich rede nicht vom Mordfall. Der ist abgehakt. Ich versuche, ihm neues Leben einzuflößen, aber selbst das ist nebensächlich. Neugier, nichts weiter. Ich versuche, über die Trennwände zu blicken, die mich schon mein ganzes Leben lang umringen und die mir erst vor kurzem aufgefallen sind. Dieser Bericht ist die

schwere, altmodische Pistole, die ich mir an den ebenso altmo-
dischen Kopf setze. Er ist eine Untersuchung der Frage, ob ich
den Mut habe abzudrücken.

13 Waffengesetz | Sturm

Das Waffengesetz zwang mich, wie in solchen Fällen üblich, ein verlassenes Parkhaus aufzusuchen. Ich grinste, als ich es betrat – etwas nervös, das gebe ich zu. Es war elf Uhr abends, und im gesamten Parkhaus standen noch höchstens zehn Autos. Das Grau, das tagsüber in diesem Gebäude herrschte, vertiefte sich nachts zu einer Dunkelheit, die filmreif war.

Wussten Sie eigentlich, dass es wirklich so läuft, Kommissar? Man wird über Ort und Zeit informiert, stopft ein Bündel Geldscheine in die Innentasche – neue Scheine, wie gefordert, keiner größer als ein Fünfziger – und geht zum vereinbarten Treffpunkt. Dort blickt man sich nervös um, aus Angst, man könnte hereingelegt, überfallen oder von jemandem beobachtet werden. Man hofft, dass man vergeblich gekommen ist, dass die Folgen dieses offensichtlichen Irrtums schnell vorbei sein mögen.

Dann siehst du eine Bewegung. Selbst in der Dunkelheit eines verlassenen, nächtlichen Parkhauses ist es nötig, sich in den Schatten zurückzuziehen. Die Ganoven von heute haben zu viele Filme gesehen. Sie nehmen sich die Karikaturen, die von ihnen gemacht werden, zum Vorbild – ein seltsamer Mangel an Ehrgefühl, meiner Meinung nach, eine Umkehrung, die sie selbst äußerst ernst nehmen.

Der Mann – glänzender Anzug, Sonnenbrille, ungelogen –
nimmt das Geld, zählt es schweigend nach und überreicht mir
ein Paket. Ich ziehe das Klebeband ab, reiße das braune Papier
auf und sehe die Pistole, von der ich geträumt habe. Ich nicke.
Der Mann entfernt sich wortlos.

Natürlich habe ich zu viel bezahlt. Aber wozu brauche ich
sonst schon Geld? Ich fahre nicht in den Urlaub, ich habe kein
Auto, ich wohne seit dreißig Jahren in derselben billigen Miet-
wohnung, ich habe weder Verwandte noch Freunde, für die ich
etwas ausgeben könnte. Eigentlich habe ich ein gutes Leben.

Ich war immer unbewaffnet – bis auf meine Zeit im Streifendienst, ganz am Anfang. Aber schon bald wurde ich an einen
Schreibtisch gesetzt. Genauso geruhsam, fand ich. An den na-
hezu obligatorischen und oft verlogenen Gesprächen, in denen
beförderte Beamte dem Streifendienst nachweinten, beteiligte
ich mich nicht. Ich beteiligte mich nie an etwas. Mit Prinzip hat
das nichts zu tun. Ich wurde nicht eingeladen, und ich lud mich
nicht selbst ein. So waren alle zufrieden.

Jedenfalls hatte ich keine Dienstwaffe. Heute weiß ich, dass es
der Dienst ist, der mich an diesem Wort stört. Man kann sich
selbst jahrelang falsch verstehen. Und man kann sich ändern.
Ich bin glücklich wie ein Kind mit meiner Pistole, die ich tatsächlich als Dienstwaffe betrachte. Ich muss mich in den Mörder hineinversetzen, mit allem, was dazugehört. Ich verstehe den
Mörder. Jetzt muss ich überprüfen, ob ich ihn richtig verstehe.

Es war der Tag, nachdem ich mir die Pistole besorgt hatte. Ich
zitterte immer noch – es war meine erste Gesetzeswidrigkeit gewesen, wenn man so freundlich sein will, ein einziges Mal Fahr-

radfahren ohne Licht, ein paarmal bei Rot über die Kreuzung, ausnahmslos in ruhigen, ungefährlichen Momenten, außer Betracht zu lassen. Es war der Tag danach, und der Sturm wurde stärker.

Zuerst klingelte mein Telefon. Ich erschrak. Es war ein Journalist, freundlicherweise durchgestellt von unserem unglaublich dummen Mitarbeiter am Empfang, der nicht die Abschirmarbeit leistet, für die er eingestellt worden ist, sondern genau das Gegenteil tut – die Tür möglichst weit öffnet.

Der Journalist wollte mir ein paar Fragen zur Wiederaufnahme der Ermittlungen im Mühlenmord-Fall stellen. Lästige Fragen. Ich stammelte ein paar belanglose Sätze, doch er ließ nicht locker. Schließlich gelang es mir, den Neugierigen zu dir durchzustellen, Kommissar. Auf die Idee, ihn abzuwimmeln und aufzulegen, wie es wohl die meisten anderen getan hätten, kam ich nicht. Bis ich auf solche Gedanken nicht nur komme, sondern sie auch tatsächlich ausführe, habe ich noch einen weiten Weg vor mir. Aber ich habe schon die richtige Richtung eingeschlagen. Besser spät als nie.

Ich kann nicht improvisieren. Da ich keinen Anruf von einem Journalisten erwarte, der bohrende Fragen stellt, gelingt es mir nicht, souverän damit umzugehen. In dieser Hinsicht war die Arbeit bei der Polizei ideal für mich: alles bis ins Detail geregelt. Eine rigide Zwangsjacke. Herrlich.

Ich schweife ab. Entschuldigung. Am nächsten Tag war der Zeitungsartikel größer als erwartet, und wenig später wurde auch im Fernsehen über den Fall berichtet. Dem Vernehmen nach war es mein nervöses Gestotter, das Misstrauen erregt hatte. Es musste mehr dahinterstecken. Sofort wurden die wildesten Spekulationen geäußert. Besonders ärgerlich war die Behauptung, es würden Polizeibeamte verdächtigt, oder andere hohe Beamte, vielleicht sogar ein Minister, der inzwischen längst pensioniert, beinahe tot war und deshalb nicht mehr dafür sorgen konnte, dass alles unter den Teppich gekehrt wurde.

Ich lächelte bei dem Gedanken, ich könnte im Fernsehen erklären, die Ermittlungen seien nur deshalb wieder aufgenommen worden, weil meine Vorgesetzten nicht so recht gewusst hätten, was sie mit mir anfangen sollten, und dass sie mich bis zur Pensionierung mit etwas Belanglosem hätten beschäftigen wollen. Der wahre Grund.

An den Entschluss, auf die Polizeiakademie zu gehen, erinnere ich mich nicht mehr. Es wird wohl auf Anraten des einen oder anderen Lehrers gewesen sein, oder das Anmeldeformular der Polizeiakademie lag ganz oben auf dem Stapel, den ich vor meinem Schulabschluss mit nach Hause bekam. In meiner Ausbildung habe ich immer nur ausreichende Noten gehabt. Unauffällig. Danach bekam ich eine entsprechende Stelle.

Alles andere habe ich vergessen zu tun. Heiraten, reisen, feiern, trinken, glücklich sein, in Schwierigkeiten geraten. Umziehen, Freundschaften schließen. Die Liste ist nicht vollständig, aber eine Auswahl genügt.

Ich bin in heruntergekommenen Kneipen gewesen, aber immer im Kielwasser von anderen. Nicht, weil sie mich einluden – wer will schon mit mir in die Kneipe gehen? –, sondern weil ich zufällig in der Nähe war. Ein paarmal bin ich mit einer Frau ins Bett gegangen, aber nur, weil sie mich mitnahm. (Warum? Frag mich nicht. Vielleicht aus Mitleid – aber das ist ein Irrtum, denn ich leide nicht. Oder sie war betrunken.) Jedenfalls keine Eigeninitiative.

Nicht, dass ich mich beklage. Die Welt ist grausam, aber nicht rachsüchtig. Jeder kann seinen eigenen Weg gehen. Es ist gar nicht so viel Glück erforderlich, um weitgehend aus der Schusslinie zu bleiben, und nicht so viel Eigeninitiative, um hier und dort ganz selbstverständlich dabei zu sein. Wer ängstlich in seiner Ecke hockt, hat sich das selbst vorzuwerfen. Wer sein Leben riskiert, um etwas von der Welt zu sehen, und einen Schlag ins Gesicht bekommt, hat auf jeden Fall etwas erlebt.

Ich nahm mir vor, nachzuholen, was nachzuholen war. Ich würde den Rest meines Lebens zu einer Geschichte machen, die aufregend genug wäre, um die Leere des ersten, längeren Teils auszugleichen. Eine Geschichte, die es wert wäre, erzählt zu werden, die Enkel erschauern und alte Freunde nachsichtig lächeln ließe.

Allein dies war schon neu für mich: Vorsätze. Wie schön.

Die Sonne strahlte. Der Spätsommer wurde immer wärmer. Eine Jahreszeit, die nicht zugeben wollte, dass es bereits Herbst war.

14 Hemdsärmel | Assistentin

Alles ist neu. Ich erscheine in Hemdsärmeln zur Arbeit. Es ist das erste Mal in vierzig Jahren, dass ich mich das traue. Selbst Sie, Kommissar, der Sie doch mit gutem Beispiel vorangehen sollten, tragen seit einiger Zeit ab und zu Freizeitkleidung – ein Zeichen für den zunehmenden Verfall der Sitten, der schon vor Tausenden von Jahren begonnen hat, wenn wir den Berichten glauben dürfen, aber der in den letzten Jahren sicher an Tempo gewonnen hat. Selbst Sie also, ein respektabler, älterer Mann, lassen Ihre Krawatte manchmal zu Hause. Nur ich nicht.

Bis heute. Ich erscheine in Hemdsärmeln zur Arbeit, ohne Krawatte, nur um mich zu zeigen, und ich gehe gleich wieder. In die Stadt, meine Jacke lässig über die linke Schulter geworfen.

Das Ansehen, das ich auf einmal genieße, tut mir gut. Es überrascht mich – es sollte mir doch eigentlich egal sein: Die Leute, die zu mir aufblicken, tun das aus einem so tiefen Loch heraus, dass ich sie kaum sehen kann –, aber es ist so. Die ganze Aufmerksamkeit, die ich durch ein einfaches Telefonat mit der Redaktion einer überregionalen Zeitung verursacht habe, die ganze Panik, die sogar die hektische Betriebsamkeit rund um die aktuelleren Fälle und Skandale in den Schatten stellt, das alles fällt auf mich zurück.

Und sie dachten, sie könnten mich einfach so loswerden …

In aller Gemütsruhe gehe ich zur Mühle. Bisher wusste ich nicht einmal, dass ich eine Gemütsruhe habe. Unterwegs kaufe ich mir ein Eis, das ich nicht wegwerfe, als es nach einigen Minuten anfängt, sehr schnell zu schmelzen. Ich mache einen pensionierten Eindruck, stelle ich fest, als ich mich in einem Schaufenster vorbeigehen sehe. Ein zufriedener alter Mann, der sein Arbeitsleben hinter sich hat und einen ungewöhnlich warmen Spätsommertag genießt.

Dabei bin ich noch am Anfang. Meine Zeit kommt erst noch. Alles deutet darauf hin. Sogar das Wetter. Die alte Mühle steht mit hängenden Schultern auf dem Feld, seufzend unter der drückenden Last der Sonne. Seit Wochen hat es nicht mehr geregnet. Die neuen Mühlen sehen aus wie aus Eis. Schneeweiße Türme aus Elfenbein. Von welchem Ungeheuer sind wohl diese Reißzähne? Ich will gar nicht daran denken. Die Blätter sind reglos, es weht also kein Wind.

Das Schreiben dieses Berichts gewinnt an Bedeutung. Ich weiß jetzt mit Sicherheit, dass man ihn lesen wird. Ich sehe die Blicke der Kollegen, ich spüre dein Misstrauen, wenn du an meinem Schreibtisch vorbei zu deinem Büro gehst – du hast, als Einziger, noch ein eigenes Büro.

Ich kann dich beruhigen. Dies ist keine Abrechnung. Lies bitte weiter.

Meine Wangen glühen vor Aufregung. Jedes Wort zählt.

Als ich am späten Nachmittag zurückkam, stand eine Frau neben meinem Schreibtisch. Sie war kräftig und jung, nicht älter als fünfunddreißig. Zögernd nickte ich ihr zu und setzte mich. Ich versuchte, die Eisflecken auf meiner Hose zu verbergen.

Sie stellte sich vor.

»Angenehm«, sagte ich.

Ein fast vergessener Argwohn keimte erneut in mir auf. Ich warf einen schnellen Blick zur Seite und sah dich, alter Freund, durch das Fenster deines Büros zu mir hinübersehen. Du hast mir freundlich zugenickt.

»In den oberen Etagen macht man sich Sorgen, dass diese Untersuchung Ihnen vielleicht über den Kopf wachsen könnte.« Sie lächelte.

»Die oberen Etagen«, wiederholte ich. »Soso.«

Seufzend begann ich ihr zu erklären, was ich bis jetzt getan hatte und was meine Pläne für den weiteren Verlauf dieser auf einmal so wichtigen Untersuchung waren. Sie hörte mir aufmerksam zu, zweifellos in der Absicht, später alles so exakt wie möglich zu berichten.

Mir wurde also eine Assistentin zugewiesen. Sie war extra aus einer anderen Abteilung versetzt worden, um diese Funktion zu übernehmen. Ich trug ihr die unangenehmsten Arbeiten auf, ließ sie alles Mögliche recherchieren, was für den Fall von Nutzen sein könnte. Ich ließ sie mit den Journalisten sprechen, die mich ständig anriefen, die sogenannten oberen Etagen auf dem Laufenden halten, ich schickte sie von Pontius zu Pilatus, aber sie verzog keine Miene. Sie tat, was von ihr verlangt wurde, ohne sich auch nur einmal zu beschweren.

Doch ich traute der Sache nicht. Sie sollte mich überwachen, das war offensichtlich, und Kurskorrekturen vornehmen, wenn ich eine unerwünschte Richtung einschlug. Was sollte ich mit einer solchen Assistentin anfangen? Es gab beim besten Willen nichts Neues in diesem Fall, wie viel Interesse er in den Medien auch hervorrufen mochte. Es gab keine neuen Indizien, keine lebenden Zeugen, es ließ sich kein stichhaltiger Grund ermitteln, weshalb der Fall neu aufgerollt werden musste. Oder? Du hast dich geirrt, Kommissar, und jetzt versuchst du, den Schaden zu begrenzen.

Ich befragte meine Witwe – zu ihr ging ich immer allein – und bereitete die Rekonstruktion des Mordes vor. Das war alles. Meine Assistentin ließ ich tun, was mir gerade einfiel, auch wenn es wenig Sinn hatte. Sie folgte mir wie ein Hündchen. Ihr blieb nichts anderes übrig. Aber der Spaß war vorbei. Sie kam mir zu nahe. Ich wurde unruhig, sah mich ständig um. Das unbestimmte, aber vertraute Schuldgefühl, das für kurze Zeit verschwunden war, kehrte zurück. Es gab keinen Grund dafür, denn ich hatte nie etwas getan – was wörtlich zu nehmen ist –, aber es war da. Ich musste mich ständig davon abhalten, mich zu entschuldigen.

An meiner Assistentin lag es nicht. Sie tat nur, was man ihr aufgetragen hatte: mich von meinen Ermittlungen abzuhalten. (Mich! Ich kam immer noch nicht darüber hinweg.) Sie war eine kräftige Frau. Das ist nicht euphemistisch gemeint. Im Alter würde sie dick werden, jetzt war sie kräftig. Ihre Figur unterstrich ihre Jugend. Nichts legte sich in Falten, nichts hing, ihre Haut war rosig und straff. Sie war auf eine alltägliche Art schön. Sie hatte kurze, braune Haare. Eine einfache Schöpfung.

Alle jungen Frauen sind schön. Sie wissen es nur nicht.

Aus meiner Perspektive ist es noch schlimmer: Ich finde alle Frauen schön. Ich kann nichts dafür. Das Gras ist immer grüner, wenn man selbst im sechsten Stock wohnt, so ähnlich muss das sein. Natürlich verliebe ich mich in jede Frau, der ich begegne. Ich nehme das nicht allzu ernst.

15 Zwei Frauen | Arbeitstechnische Betrachtungen

Es ist fast normal geworden. Das kleine Schlafzimmer, das vom grellen Licht des Spätsommers durchflutet wird. Der Spiegel an der Tür. Die junge Frau – für mich ist sie jung, schließlich ist sie genauso alt wie ich – neben mir. Sie ist eingeschlafen. Nein, jetzt öffnet sie die Augen, lächelt mir zu. Ich betrachte die Schönheit ihres Halses, ihrer Brust, spüre ihren Atem.

Ich konnte mich schon immer gut auf eine Sache konzentrieren. Die Leere in meinem Leben, der Mangel an Freunden, schafft Raum für Obsessionen – vorübergehende Obsessionen, denn es geht lediglich darum, etwas zu tun zu haben, sich mit irgendetwas zu beschäftigen. Auch wenn es nur meine Arbeit ist. Nach kurzer Zeit stelle ich fest, dass es mich nicht wirklich interessiert. Das ist die Nachlässigkeit. Am Anfang merke ich nicht, dass alles eigentlich unwichtig ist, dass es im Prinzip nichts bedeutet. Bis ich das irgendwann begreife, gebe ich alles. (Es ist nicht viel, aber es kommt von Herzen, heißt es dann.)

Diese Tatsache hat das Polizeikorps jahrelang ausgenutzt. Gelegentlich machte ich meine Arbeit so gut, dass manch einer erstaunt war, dass ich es nicht weiter gebracht hatte. Ich verwies dann auf dich, Kommissar. Deine Begabung ist scheinbar noch

größer. Jedenfalls ist sie vielfältiger: Du verstehst es, voranzu-
kommen, dich zu bewegen. Du denkst an ganz andere Dinge als
ich. Dass meine Beförderung auf sich warten ließ, hat wohl auch
damit zu tun, dass ich über viele Jahre nichts dafür tat. Dieselben Leute, die mir ein höheres Amt zukommen lassen wollten,
deuteten später an, dass es vielleicht an der Zeit sei, in Pension
zu gehen. In beiden Fällen zuckte ich mit den Schultern.

Sie holt Kaffee. Ich beobachte sie aufmerksam. Es ist faszinierend: die Selbstverständlichkeit, mit der sie sich bewegt – von
Anmut keine Spur –, der Ernst, mit dem sie selbst die einfachsten Tätigkeiten ausführt, das Fehlen jeglicher Zweifel, die Hu-
morlosigkeit. Sie vereint in sich alle Eigenschaften, die ein
durchschnittlicher Mensch besitzt. Sie ist zufrieden – nicht, weil
es ihr besonders gut geht, sondern weil sie keinen Grund zum
Klagen sieht. Sie lebt.

»Zucker und Milch, oder?« Sie stellt den Becher vorsichtig auf
meinen Schreibtisch, legt den Löffel und die Tüten mit Zucker
und Milchpulver daneben. In der anderen Hand hat sie ihren eigenen Becher Kaffee.

»Vielleicht«, setze ich an, »kannst du mir helfen, die Zeitungen durchzusehen.«

Sie blickt mich fragend an. Es ist schwer, mit ihr zu reden. Sie
lebt in einer vollkommen anderen Welt, was eine Zusammenar-
beit eigentlich unmöglich macht. Sie begreift nichts von dem,
was ich sage. Sie müsste meine Nachbarin sein, dann könnte ich
sie in Ruhe beobachten. Das wäre viel besser, viel einfacher.
Dann wäre ich endlich jung. Sie ist das perfekte Mädchen von
nebenan. Nicht schön, aber nett. Mit längeren Haaren würde sie
gar nicht so schlecht aussehen.

»Die Berichte, die Interviews, die Gerichtsreportagen. Die Kommentare, Leserbriefe, Artikel. Alles. Was vor dreißig Jahren erschienen ist, meine ich. Und den Mühlenmord betrifft. Anstreichen, was wichtig sein kann, ablegen, was uninteressant ist. Du verstehst sicher, was ich meine.«

Ich habe natürlich alles längst schon gelesen, mehrere Male, aber ich muss ihr doch etwas zu tun geben. So ist sie zumindest für einige Zeit beschäftigt. Sie liest zweifellos sehr langsam.

Sie entkleidet sich, wie sie das immer tut schnell, ohne Umstände. Ein praktisches Wesen. Er betrachtet sie und zögert. Soll er sich auch ausziehen? Davor oder danach, das ist die Frage. Seine Hand gleitet unwillkürlich zu der Pistole in der Jackentasche. Er umklammert sie, spürt die Härte und Kälte.

»Komm«, sagt sie. »Du auch.« Sie kniet sich hin und beginnt, seinen Gürtel zu öffnen.

»Nein«, flüstert er. Er legt ihr die flache Hand auf die Stirn und stößt sie weg.

Sie fällt nach hinten. Sie lacht. »Nicht so grob.« Sie legt sich rücklings auf die schmutzige Matratze. »Dann warte ich eben«, sagt sie.

Alles an ihr ist herausfordernd. Ihre Hände bewegen sich träge über den eigenen Körper. Ihre Augen sind fest auf die seinen gerichtet, die Zungenspitze wird zwischen den Lippen sichtbar. Er atmet tief ein, umklammert die Pistole noch fester.

Er will nachgeben. Aber es ist, als sähe ihm jemand über die Schulter. Er will nachgeben, und er will durchhalten. Ein schwarzer, unfassbarer Schatten.

Jetzt dauert es ihr allmählich zu lange. »Komm doch«, sagt sie. »Ich habe noch etwas anderes zu tun. Mir wird kalt.« Sie stemmt den Ellbogen in die Matratze und stützt den Kopf in die Hand. Ihr makelloses Gesicht sieht auf einmal gelangweilt aus.

Er nickt, mehr zu sich selbst als zu ihr. Langsam beginnt er, seine Jacke auszuziehen.

»Gut so«, murmelt sie. Sie legt sich wieder hin. Sie spreizt die Beine und schließt die Augen.

Eine so heftige Wut überfällt ihn, dass er taumelt. Er holt die Pistole aus der Jackentasche und wirft die Jacke auf den Boden. Er legt an. Die Linie, die die Mündung der Pistole mit dem Ziel verbindet, verläuft parallel zu den Sonnenstrahlen, denen es gelungen ist, sich durch den Türspalt zu zwängen, in denen Staub aufwirbelt. Er zielt etwas höher, zwischen ihre Augen. Ein Schuss, denkt er, ein Schuss muss genügen. Ruhig Blut.

»He!«, ruft er. Sie muss es sehen.

Sie blickt auf. Große, schöne Augen. Überraschte Augen. Er schießt. Er schießt noch einmal. Er schießt, bis das Magazin leer ist, er lädt und beginnt von vorn.

Langsam leert sich das Magazin wieder. Ein heftiges, unkontrollierbares Verlangen überkommt ihn. Der nackte Körper zu seinen Füßen lädt ein. Die Wärme des Blutes lädt ein, das Blut, das strömt, das pulsiert, das einen Ausgang sucht, um den Druck auf die anschwellenden Adern zu verringern, und das den Ausgang findet.

Der Schatten, der ihm über die Schulter sah, zieht sich diskret zurück, zufrieden mit dem Verlauf der Dinge.

Er lässt sich gehen.

Ich merkte, dass die Witwe die Aufmerksamkeit durchaus angenehm fand, wie gleichgültig sie sich auch gab. Selbst Aufmerksamkeit von jemandem wie mir ist anscheinend schmeichelhaft.

Ich meine nicht das Interesse der Medien. Das ist eine ganze andere Art von Aufmerksamkeit, viel unpersönlicher, viel normaler. Dass ihr die gefiel, war schon klar. Sie schien auf irgendeine perverse Art sogar stolz zu sein auf den Mord, als hätte sie ihn selbst verübt, als wäre er ihr Verdienst. So wie Menschen ein Unglück genießen können, weil es ihnen etwas gibt, von dem sie erzählen können, mit dem sie Respekt einflößen können, nahm sie den Mord auf ihre Schultern. Der Mord gab ihr einen Sinn, bereitete ihr Vergnügen. Der Mord gehörte ihr und niemand anderem.

Nein, es schmeichelte ihr, dass ich immer wiederkam. Ich, ein unauffälliger, grauer Dummkopf. Es war vielleicht ein Reflex, eine automatische Reaktion auf die Nähe eines Vertreters des anderen Geschlechts, aber es entging mir nicht. Ihre Stimme war sanft. Das war in den ersten Tagen deutlich anders gewesen. Nichts als Zurückhaltung damals, beinahe Abscheu.

Und ihre Augen. Kaltes Blau, immer noch, aber funkelnd vor Lebenslust. Dazu bestimmt, zu erobern. Wenn nicht im Guten, dann eben im Bösen. Sie zog ihren glänzend schwarzen Rock hoch bis über die Knie, wenn sie sich setzte, mit einem verstohlenen Blick in meine Richtung, den ich aber dennoch bemerkte. Sie war beinahe fünfundsechzig, so wie ich, aber alte Gewohnheiten verlernt man nicht. Sie spielte das junge Mädchen. Ich fiel darauf herein. Mit Freude, aber auch mit Zurückhaltung. Ich näherte mich mit Scheuklappen einem Ort, von dem es kein Zurück mehr gab, und begann dann, mich zu wehren. Ich ging vor ihr her, die Treppe hinauf, bis an die Tür des Schlafzimmers, und drehte mich dort um. Wie sie mich letztlich hineinbekam, weiß ich nicht. Blinde Panik.

Blinde Panik! Ich war wieder in der Hölle. Eine anziehende

Hölle, aber eine Hölle. Das Wort ›Zurück‹, obwohl faktisch korrekt, drückt es übrigens nicht ganz richtig aus. Ich bitte um Entschuldigung. Früher war das anders. Ich wich zurück, ich erfand eine Ausrede, ließ die Dame vom Dienst verwundert zurück (natürlich zuckte ich mit den Schultern, ich mache mir keine Illusionen), ich betrat die Hölle nicht. Die einzige Ausnahme, die mich gerade ›Zurück‹ sagen ließ, zählt eigentlich nicht. Ich bin immer noch allein, jung und unwissend.

Ich zittere wie ein Schuljunge. Sie, älter und weiser, obwohl kein Unterschied an Lebensjahren besteht, lächelt.

Ich schweife ab, ich weiß. Das gehört nicht in einen Polizeibericht. Aber was können sie schon tun? Mich feuern? Wenn du das Lächeln sehen könntest, das ich jetzt auf den Lippen habe, werter Kommissar, dann würdest du vielleicht kurz die Augenbrauen hochziehen, die dunklen, buschigen Augenbrauen, von denen du einen nicht unbeträchtlichen Teil deiner Autorität ableitest.

Als du mich in der Hierarchie hinter dir gelassen hast, habe ich mich für dich gefreut. Es war so, als gäbe es mich nicht. Ich gönnte es dir, fühlte eigentlich nichts dabei. Erst später begann die Wut, die am Anfang nicht einmal ansatzweise existierte, die ich mir künstlich zulegen musste.

Ich habe bemerkt, dass du es von mir erwartet hast. Du bist mir aus dem Weg gegangen, hast versucht, mich zu versetzen – aber ich bin standhaft wie ein Berg, nichts bewegt mich außer dem Wind, dem Wasser und der Zeit, von meiner Seite ist da keinerlei Absicht im Spiel –, hast später alles Mögliche getan, um mich zu versöhnen. Ich wusste und merkte nichts, also hast du wieder damit aufgehört. Seither haben wir aneinander vorbeigearbeitet, bis heute. Du verstehst es nicht und ich auch nicht.

Du findest mich in letzter Zeit so fröhlich, hast du mir gestern gesagt. Ich weiß nicht, was du meinst.

16 Spaziergang | Überquerung

Heute überquere ich den Fluss. Es ist manchmal gut, die Dinge von einer anderen Seite zu sehen.

Ich gehe langsam, denn ich habe keine Eile, in Richtung Zentrum. Bei einem der einladenden Straßencafés, denen es mit Mühe gelungen ist, sich auf die schmalen Bürgersteige zu zwängen, zögere ich kurz. Es ist warm, aber es soll noch wärmer werden, also beschließe ich, am späten Nachmittag zurückzukommen.

Zufrieden gehe ich weiter. Ich weiß, wie ich den Rest des Tages verbringen werde. Mir kann wenig passieren.

In einem Kaufhaus – drinnen ist es herrlich kühl – kaufe ich ein aufblasbares Boot, das in eine kleine Tragetasche passt, aber das, so wird es auf der Verpackung versprochen, groß genug ist, um mindestens zwei Erwachsene zu tragen. Dazu gehören ausziehbare Ruder und eine kleine Pumpe. Ein schöner Besitz. Die Anschaffung kann ich absetzen, nicht wahr? Ich habe, ohne Namen nennen zu wollen, schon Schlimmeres gesehen.

An der Kasse hängt ein Schild, auf dem in großen, ungelenken Buchstaben geschrieben steht, dass die Ventilatoren ausverkauft sind und dass nächste Woche vielleicht neue kommen. Der kurze Text enthält zwei Fehler – eine Leistung für sich. Außerdem werden die jetzt so beliebten Windmaschinen – eine Art tragbare Windmühle, aber eigentlich das Gegenteil: Sie machen Wind, anstatt davon zu leben – nächste Woche wahrscheinlich nicht mehr nötig sein. Dann wird es zwanzig Grad kälter sein. So schnell geht das.

»Was für ein Wetter, nicht wahr?«, sagt die Kassiererin. »Für die Jahreszeit.«

»In der Tat«, bestätige ich, bezahle und verlasse das Geschäft.

Ich bin unzufrieden, aber ich weiß nicht, warum. Ich kenne diese Stimmung, sie hat die Tendenz, sich langsam, aber sicher zu verschlechtern, bis ich fest davon überzeugt bin, dass ich alles falsch gemacht habe, heute und am Tag zuvor und schon die ganze Woche, schon immer, und nichts wird mir verziehen werden. Alle, denen ich begegne, werden mich an frühere Fehler erinnern, an Nachlässigkeiten und Dummheiten, an meine generelle Unfähigkeit, und wenn das nicht so ist, dann schonen sie mich nur, weil ich nicht zähle, weil ich harmlos bin.

Aber der Tag ist noch jung, ich sollte mich freuen. Ich sehe zur anderen Straßenseite hinüber, die im Sonnenlicht badet. Soweit es möglich ist, tragen die Menschen kurze Hosen und enge Hemdchen, sind fröhlich und schön. Wer könnte einen Herbst wie diesen nicht genießen?

Natürlich gibt es Leute, die sagen, dass etwas nicht in Ordnung ist, dass die Natur aus dem Gleichgewicht gerät und im nächsten Jahr die Ernten misslingen, dass große Katastrophen über uns hereinbrechen werden und es so nicht weitergehen kann. Aber nächstes Jahr ist nächstes Jahr, das dürfen wir nicht vergessen, genauso gut könnten wir das alles nicht mehr erleben, und ein Schwarzseher ist ein Zirkusclown, ein Hofnarr. Am besten ignoriert man ihn. Die graue, nasse Kälte, die die Stadt normalerweise fest im Griff hat, ist nichts, wonach man sich sehnt.

Die Tasche mit dem Boot ist schwer, aber ich mache einen kleinen Umweg. Um mich aufzumuntern. Vergeblich. Ich komme an meiner alten Schule vorbei, die, wie sich herausstellt, ihren Namen geändert hat. War die Schule früher nach einem Heiligen benannt – sein Name ist mir entfallen, seine Verdienste auch, dafür brauche ich mich nach über fünfzig Jahren nicht zu schämen –, so steht jetzt etwas anderes auf dem düsteren Gebäude. Etwas Farbiges, Modernes – ich habe es vergessen, sobald ich die Straße hinter mir gelassen habe.

Kopfschüttelnd, vielleicht etwas verstört, nehme ich die Straße, die aus der Stadt hinaus zum Fluss führt. Doch zunächst komme ich in eine Gegend, die ich nicht kenne – ein seltsames, ebenso unbehagliches wie verführerisches Gefühl. Als würde man an einer heilenden Wunde kratzen.

Ich komme an der Wiese vorbei, die ich früher überquerte, wenn ich eine Abkürzung nach Hause oder in die andere Richtung, zur Schule, nehmen wollte. Normalerweise hatte ich es weder in die eine noch in die andere Richtung besonders eilig, aber manchmal kürzte ich trotzdem ab. Weil es ging. Weil jeder es tat. Wenn ich zu Hause war, konnte ich immer noch kehrtmachen.

Außerdem war es spannend, denn dort war eine echte Bande aktiv. Als ich mich daran erinnere, muss ich traurig lächeln. »Du wirst alt«, murmele ich. »Senil. Deine ganze Kindheit kehrt wieder. Glaube kein Wort.«

Auf der Wiese drohte permanent Gefahr. Eine Gruppe etwa zwölfjähriger Jungen aus dem berüchtigtsten Teil des Viertels hatte dort ihr bevorzugtes Jagdgebiet. Kinder wurden beraubt und verprügelt. Trotzdem kamen sie dorthin, denn auf der Wiese standen Fußballtore und einige brandneue Spielgeräte. Außerdem konnte die geforderte Bezahlung mit Geld oder Süßigkeiten abgegolten werden, die Schläge waren gerade hart genug, um die Opfer zum Weinen zu bringen, aber hinterließen keine blauen Flecken, und die Gejagten entkamen fast immer, weil die Jäger sich schnell langweilten. Die Eltern bekamen nie etwas davon mit.

Ich wurde nur einmal angehalten. »He!«, rief ein Junge, der genauso alt war wie ich. Er war mindestens einen Kopf größer, das schon, aber es war ein scheußlicher Kopf mit aggressiven Augen. »Du da!«

Ich blieb stehen und sah ihn an. »Ja?« Mein Herz raste, aber ich fühlte mich den Angreifern haushoch überlegen. Die Angst eines Märtyrers, eine Angst, die adelte.

Doch einer der anderen Jungen mischte sich ein. »Lass mal«, sagte er. »Wir gehen zum Einkaufszentrum.« Der Junge, der mich angehalten hatte, drehte sich um und rannte hinter den anderen her. Ich blieb auf der leeren Wiese zurück. Mit dem Schrecken davongekommen. Aber es hätte sein können.

Ich weiß nicht, wie ich reagiert hätte – ich malte mir die unterschiedlichsten Szenarien aus, von heldenhaft über gruselig bis hin zu feige und befriedigend –, aber es hatte für einen Augenblick so ausgesehen, als hätte ich tatsächlich reagieren müssen. Vielleicht hätte ich ohne Nachdenken das Richtige getan, mich auf beeindruckende Weise gewehrt oder großartig gelitten. Mit Nachdenken jedenfalls nicht. Ich würde es nie erfahren.

Ein paar Minuten blieb ich stocksteif dort stehen und ging dann mit hängenden Schultern nach Hause wie an jedem anderen Tag.

Das Land verschwimmt in der Hitze. Die Sonne versucht, es niederzudrücken, aber noch gelingt es ihr nicht. Das Land ist widerborstig, ausgetrocknet, alt. Ich betrete es seufzend. Die Hitze und das Gewicht der Tasche, die ich trage, beginnen mir Streiche zu spielen. Ich trotte lustlos in Richtung Fluss. Was tue ich hier, frage ich mich, denn ich weiß schon, wie diese Expedition enden wird. Ich bin zu müde, um mir eine Antwort zu geben.

Die Trägheit, die überall herrscht, greift sogar die neuen Mühlen an. Die stolzen, gleichgültigen Gestalten scheinen zu zögern. Die Rotorblätter drehen sich langsam, geben ein rumpelndes Geräusch von sich. Man könnte meinen, sie beugten sich etwas nach vorn, um sich vorsichtig zu beraten. Was tun? Warum? Mit welchem Ziel?

Weil es möglich ist, sage ich mir. Die Mühle mahlt, weil sie mahlen kann, der Mensch lebt, weil er nicht tot ist. Das Korn, der Polder, saubere Energie: Nebensächlichkeiten, die eigentlich die Schönheit der Mühlen beeinträchtigen, die versuchen, ihnen einen Zweck zu geben, ein Motiv. Würden sie einfach so mahlen, wären sie schöner, erhabener. Unerreichbar.

Der Mensch dagegen ist frei von Nutzen und Gründen. Wenn er etwas produziert, dann sind es Kinder. Das kann nicht der Sinn sein. Nein, der Mensch ist, was er ist, er dient keinerlei Ziel. Er ist vollkommen mit sich selbst beschäftigt. Er jagt sich selbst, hasst sich selbst, annulliert sich selbst. Er dreht sich im Kreis.

In der Nähe der neuen Mühlen stelle ich die Tasche ab und setze mich, um ein wenig auszuruhen. Der Schweiß läuft mir in die Augen. Mein Oberhemd ist vollkommen durchnässt. Ich bin zu alt für so etwas, beschließe ich, aber ich ziehe keine Konsequenzen daraus.

Sie rumpeln wirklich, die Windräder, ich habe mir das nicht eingebildet. Ich neige fast dazu, den Presseberichten, die vor einiger Zeit für Aufsehen sorgten, zu glauben. Es soll beim Unterhalt der teuren Ungetüme gepfuscht worden sein. Aus Desinteresse vielleicht, oder um den ewigen Nörglern den Wind aus den Segeln zu nehmen, indem man die niedrigen Kosten der gewonnenen Energie hervorhob, oder einfach aus Nachlässigkeit. Wie die verantwortlichen Stellen auf die Berichte reagierten, weiß ich nicht mehr.

Wahrscheinlich alles halb so wild. Verleumdungen gekränkter Gegner. Das gehört dazu, so wie ein Computer summt oder ein Kühlschrank brummt. Früher war alles besser, zumindest leiser. Aber es beeinträchtigt die außerirdische Schönheit der schmalen Türme. Ich hätte ihnen nicht so nahe kommen sollen. Alles, was man aus der Nähe betrachtet, wird hässlich, alles, was man gründlich erforscht, erweist sich als untauglich. Jeder, der ab und zu mal in einen Badezimmerspiegel sieht, weiß, was ich meine. Ein Spiegel an der Tür eines Schlafzimmers reicht auch.

Ich stehe mühsam wieder auf, nehme meine Sachen und gehe weiter. Als ich nur noch den Fluss und die Vögel höre, von meinem eigenen schweren Atem abgesehen, blicke ich mich um. Die sieben Mühlen starren mich kühl an. Hat sich etwas verändert? Nein.

Es ist nicht schwer, sich als etwas Besseres zu fühlen. Den meisten gelingt das mühelos. Mir auch? Natürlich. Manchmal kommen mir Zweifel, aber danach zweifle ich wieder am Zweifel. Zweifel ist ein Zeichen von Tiefsinn, rede ich mir ein.

Aber richtig verblüffend ist, mit welcher Gemütsruhe der Mensch am Selbstbetrug festhalten kann. Ein Büro voller Idioten, ein Außendienst voller Typen, die sogar für das Büro noch zu dumm waren, und alle, ohne Ausnahme, finden sie sich selbst besser als ihre direkten Kollegen. Familien in unzähligen Straßen, Vierteln, Städten, die abfällig über ihre Nachbarn reden. Würdest du mit diesem Jungen spielen? Die Kleidung … Und sie essen jeden Tag dasselbe. Es stinkt.

Und sie haben alle recht, das ist das Schöne daran. Der eine ist noch schlechter als der andere.

Auf der anderen Seite des ruhigen, breiten Flusses klettere ich aus meinem Schlauchboot. Ich drehe mich um und betrachte die Seite, von der ich gekommen bin: den Deich, den ich zuvor mit so viel Mühe erklommen habe, die alte Mühle, die strenge, zugleich spielerische Reihe der neuen Mühlen, den Stadtrand im Hintergrund.

Hilft das? Ich setze mich wieder ins Boot und rudere zurück. Ein sich näherndes Schiff lässt ein Warnsignal ertönen, aber ich schaffe es bequem.

Etwas später liege ich ausgestreckt im gelben Gras und warte, bis das Schlauchboot, aus dem ich die Luft gelassen habe, wieder trocken ist. Meine Muskeln schmerzen noch vom Aufpumpen vor einer Stunde, das viel länger gedauert hat, als ich geschätzt hatte, und vom Rudern, das ebenfalls anstrengend war.

Die *Risiko* kommt vorbei, danach die *Ausdauer*. Ein Kahn nach dem anderen. Es hat nichts zu bedeuten. Ich nenne mein Schiff die *Luftballon*. Ich falte es zusammen, aber es passt beim besten Willen nicht mehr in die Tragetasche. Schließlich gebe ich auf. Auch die Luftpumpe lasse ich liegen.

Die sinkende Sonne verspricht Abkühlung, aber noch ist es nicht so weit. Der Wind ist vollkommen abgeflaut. Alle Mühlen, die neuen ebenso wie die alte, wirken wie von Panik ergriffen. Sie haben nichts zu tun. Sie stellen sich Fragen, die sie sich lieber nicht stellen sollten, weil die einzig mögliche Antwort beunruhigend ist. Drei Möwen kreischen. Ich gehe. Mir tut alles weh.

Ich habe es doch gesagt: eine überflüssige Expedition. Damit ist auch diese Textpassage überflüssig, Kommissar, aber ich will trotzdem, dass du sie liest. Ich will, dass du von meiner Existenz erfährst. Diese ganze Untersuchung kann mir gestohlen bleiben, der Mord ist ohne Bedeutung, von wem und wann auch immer verübt, selbst die aufgeblühte Liebe zählt nicht, ob dieser Ausdruck nun seine Berechtigung hat oder nicht. Es sind diese Episoden, die wichtig sind, die verlorenen Stunden, die misslungenen Pläne, die Irrtümer. Die Zwischenzeit.

Jeder verdient es, in seinen schlechtesten Momenten beurteilt zu werden. Jeder hat das Recht zu existieren.

Das Straßencafé war überfüllt. Ich bin nach Hause gegangen. Ein Schrank voller Bücher, aber ich habe keine Lust zu lesen, ein Fernseher, aber ich habe keine Lust, ihn anzumachen, ein Teller mit Essen, das schon kalt geworden ist. Mehr nicht. Es wird Abend, immer früher, und nur die Lampe über dem Esstisch brennt. Die Aussicht, mich entkleiden zu müssen, um ins Bett zu gehen, ermüdet mich maßlos. Morgen ist ein neuer Tag.

Entschuldigung.

17 Konfrontation | Geständnis

Alles zitterte. Mein Kopf, die warme Luft über dem schmelzenden Asphalt, der Asphalt selbst, meine Hände, das Denken, das sich nicht ausschalten ließ, das hartnäckig die Wichtigkeit jeder Handlung und zugleich deren Sinnlosigkeit betonte. Ich hatte Kopfschmerzen. Ich trug einen Verband um die linke Hand, die verletzt war.

Ich stand vor dem Eingang der Dienststelle. Es war zwölf Uhr. Ich war so müde, dass ich verschlafen hatte.

Ich hatte mich nicht bewusst dafür entschieden. Mir war es am Abend zuvor schwergefallen einzuschlafen. Bis tief in die Nacht hinein war mir alles Mögliche durch den Kopf gegeistert, von beruflichen Sorgen über alltäglichen Kram bis hin zu seltsamen Bildern. Ich sah Mühlen, Kugeln, Frauen. Ich sah Sterne, Raumschiffe, außerirdische Wesen, freundlich und bösartig zugleich. Ich schwitzte. Ich fühlte mich spröde und schwach wie der alte Mann, der ich bin. Ich brauche nur einmal die Treppe hinunterzufallen, dachte ich, und breche mir sämtliche Knochen in meinem faltigen Körper. Ich habe in meinem Leben zu wenig Milch getrunken.

»Ich bin krank«, sagte ich, als du mir im Flur entgegenkamst. »Erkältung, trotz des Wetters. Und ich habe mich an einem Stück Glas geschnitten.« Ich zeigte die verbundene linke Hand.

»Du kommst über drei Stunden zu spät«, war deine barsche Antwort.

Hast du mir aufgelauert? Als wäre ich ein Anfänger, ein junger Polizist, der bebt, wenn er dich sieht. Es hat dir schon immer Spaß gemacht, andere einzuschüchtern.

Und es funktionierte. Der Nachteil des Mitmachens ist, dass bestimmte Dinge dann plötzlich wichtig werden. Verstehst du mich? Ich mache mit, also hat eine Standpauke vom Chef Folgen: Ich ärgere mich, fühle mich erniedrigt, schuldig, alles zugleich. Früher war das anders, da ließ es mich vollkommen kalt.

»Ich bin krank«, wiederholte ich.

»Du bist nicht abgemeldet. Außerdem …«

Ich spürte das Gewicht der Pistole in meiner Aktentasche von Minute zu Minute stärker. Wäre sie in meiner Hosentasche gewesen, hätte ich nicht für die Folgen garantiert. Ein schöner Gedanke.

»Ich melde mich ab«, sagte ich. »Hiermit.« Ich fühlte mich gut, die Kopfschmerzen waren weg.

»Das geht nicht einfach so!« Du bist rot angelaufen, bester Freund, als wärst du kurz davor zu explodieren. Wenn in diesem Moment an einer lebenswichtigen Stelle ein Äderchen geplatzt wäre und du vor meinen Augen den Herzanfall oder die Gehirnblutung bekommen hättest, die sich schon seit einiger Zeit ankündigt, hätte mich das nicht überrascht. Das ist die Anspannung, Kommissar. Du solltest etwas kürzertreten. Weniger trinken, gesünder essen, ab und zu eine Runde durch den Park joggen.

Ich lachte laut und ging. Du hast vor Wut geschäumt, stelle ich mir vor.

Ich nehme meine Worte zurück. Dies ist kein Bericht. Dies ist eine Bilanz. Wie ein Buchhalter notiere ich sorgfältig Gewinn und Verlust, Haben und Soll, fremdes und eigenes Vermögen, Für und Wider. Das Defizit werde ich wohl aus eigener Tasche begleichen müssen. Denn die Berechnungen müssen null ergeben, über welche unergründlichen Wege auch immer. Jedes Saldo, das aufgestellt wird, schließt mit diesem kleinen Kreis: 0. Die Schlussfolgerung ist immer dieselbe.

Ich habe eine Menge nachzuholen. Oder habe ich das schon gesagt?

Ich sitze hinter der Theke, setze eine nachdenkliche Miene auf, wäge gründlich ab. »Hm«, sage ich. »Mal sehen, was ich tun kann. Aber versprechen kann ich nichts!« Ich betrachte mich durchdringend. Ich bin ein schwieriger Kunde, sehe ich mich selbst denken. Wie werde ich mich nur so schnell wie möglich los?

»Weißt du«, sagte ich zögernd zu ihr. »Er hat es einfach getan. Ich kenne ihn, ich *bin* er, und er hat es getan.«

»Natürlich«, sagte meine Witwe geistesabwesend. Sie stand neben dem Esstisch und drückte mehrmals auf den Lichtschalter. Die Lampe über dem Tisch ging nicht an.

Ich war entsetzt. Wie ein ängstliches Bürschchen stand ich zitternd da. »Was?«, stammelte ich.

»Natürlich«, wiederholte sie. Sie rieb sich das Kinn mit Daumen und Zeigefinger, um zu zeigen, dass sie überlegte. »Was dachtest du denn?«

Ich versuchte, nicht in Panik zu geraten – Erfolg zu haben ist in vielerlei Hinsicht schlimmer, als zu scheitern, deshalb sollte man es damit auch keinesfalls übertreiben. Es stellt Ansprüche an den Willen und das Durchhaltevermögen, die nicht unterschätzt werden dürfen. Außerdem begann ich sofort zu zweifeln. Was sollte ich jetzt davon halten? Näher werde ich einem Geständnis sicher nicht kommen – X. war schließlich schon seit Jahren tot –, aber die Euphorie, die mich hätte überfallen müssen, blieb aus. »Willst du das …«, ich musste mir Mühe geben, Zeit zu gewinnen, am liebsten wäre ich geräuschlos im Hintergrund aufgegangen, ein Baum wie jeder andere, ein Backstein in der Mauer, ein Flusen auf dem Teppich. »Willst du das schriftlich erklären?«

Sie drückte noch einmal auf den Lichtschalter, zog dann die schmalen Schultern hoch. »Kaputt. Könntest du schnell eine neue holen?« Sie sah mich an, als hätte ich schon ja gesagt. »40 Watt. Stimmungslicht. Nicht die weißen.«

Ich gab auf. In dem kleinen Baumarkt, ein paar Straßen weiter, kaufte ich eine Glühbirne und ging zurück. Es war ein schöner, warmer Nachmittag, und er versprach, noch schöner und wärmer zu werden.

Ich! Es ist vollkommen logisch. Ich bin die richtige Person, ich und sonst niemand. Ich löse den Fall – ein Kinderspiel – und zeige die Fehler auf, die die Verantwortlichen damals begangen haben. Sie werden mich bitten, ein paar Jahre länger zu bleiben, ob das Gesetz es erlaubt oder nicht, das Gesetz ist dehnbar, und sie werden mich zum Kommissar machen. Endlich werden sie sehen, was sie schon längst hätten sehen können, was vor ihren Augen verkümmerte, und sie werden sich an die Stirn greifen: Wir hätten es so viel einfacher haben und das beste Korps des Landes werden können, wir hatten den richtigen Mann im Haus, wenn wir nur seine Bescheidenheit – die zweifellos für ihn spricht – richtig interpretiert und ein wenig mehr nachgedacht hätten.

Diese Gewissheit, die mich immer häufiger und stärker überkam, ergriff leider die Flucht, sobald jemand in die Nähe kam. Aber es kam Bewegung in die Sache.

Solange sie nichts zugab, hatte ich noch die Freiheit anzunehmen, sie wollte nicht glauben, dass ihr Mann ein Mörder war, sie verdrängte es oder war sogar tatsächlich davon überzeugt, dass er es nicht getan hatte. Jetzt, da sie so beiläufig gestand, dass sie es wusste, änderte sich alles.

Wieso fand ich, dass es wie ein Geständnis klang? Nicht sie hatte es getan, sondern ihr Mann. Menschen neigen dazu, solche Dinge gleichzusetzen, so wie manche stolz auf ihre Kinder oder ihre Vorfahren sind, aber ein Polizist, die Vernunft in Person, ungerührt bis zum bitteren Ende, muss es besser wissen. Und doch kam ihre beiläufige Erklärung mir wie ein Geständnis vor.

Ihre Emotionslosigkeit übertraf in gewisser Weise meine. Bei mir war es ein Phänomen, über das ich keine Kontrolle hatte, es war unwillkürlich und versagte in den unpassendsten Momenten. Zum Beispiel, wenn ich eine Frau wie sie vor mir hatte, mit hellblauen Augen, die mich zu durchbohren schienen. Dann blieb von der Gemütskälte nicht viel übrig, wie sehr ich mich auch anstrengte.

Sie war hart. Sie schaltete ihr Gefühl aus, wenn es sein musste, ließ es zu, wo es passte. Es war ein Instrument, das sie äußerst geschickt einsetzte, für erhabene Ziele ebenso wie für praktische Zwecke. Sie eroberte damit und verdammte, zog ihren Profit daraus, ohne jemals selbst in die Schusslinie zu geraten.

Das durfte ich nicht vergessen. Alles hat immer eine Bedeutung.

Ich muss ehrlich sein, nur so hat diese Untersuchung überhaupt einen Sinn. Also schreibe ich alles auf, was mir einfällt. Aber ich tue es mit gesenktem Kopf und blättere die Seite um, sobald ich fertig bin. Ich wage nicht, es noch einmal zu lesen, weil ich Angst habe, dass es misslungen ist, dass die Worte zäh und widerwillig hintereinander hertrotten wie eine Klasse gelangweilter Schulkinder, dass jede Behauptung verlogen klingt, dass ich mir Kleidungsstücke anmaße, die mir nicht passen.

Und weil ich Angst vor der Wahrheit habe. Wenn es wider Erwarten doch gelingt, ist das ebenso schrecklich, dann werde ich es nicht lesen können, ohne dass es mir körperlich wehtut. Ich traue mich nicht. Ich habe Angst vor Schmerzen – weniger als früher, aber trotzdem. Nimm den Rotstift und tob dich aus. Es verändert sich ja doch nichts mehr. Jede Enthüllung ist dieselbe, immer.

»Eine Assistentin?«, fragte meine Witwe. »Wie nett.«

Sie stand auf, um etwas aus der Küche zu holen. Es war ein unbestimmtes Geklapper zu hören. »Wie sieht sie aus?« Ihre Stimme, die zugleich gebieterisch und interessiert klang, übertönte die Küchengeräusche mühelos.

Ich überlegte. »Plump«, sagte ich vorsichtig. Und danach: »Aber nett.«

Für einen Moment war es still. Meine Witwe kam zurück. Zu meiner Überraschung brachte sie nichts mit. »Wie alt ist sie?«, fragte sie und setzte sich wieder. Sie sah mich lächelnd an.

»Oh, ich weiß nicht. Ungefähr fünfunddreißig. Vielleicht etwas jünger. Oder älter.« Ich hustete. »Ungefähr. «

»Hm.« Meine Witwe betrachtete mich prüfend.

»Sie wurde mir zugeteilt.« Ich spreizte die Hände in einer Geste, die Machtlosigkeit ausdrücken sollte. Es gelang mir nicht ganz, es sah eher nach Verwirrung aus. »Ich habe nicht darum gebeten. Ich weiß nicht einmal, was ich mit ihr anfangen soll.«

Meine Witwe lachte. »Du weißt nicht, was du mit ihr anfangen sollst.«

»Nein«, sagte ich. Die Stille, der bohrende Blick der Frau mir gegenüber, von dem ich nicht wusste, ob er nur interessiert war, alles war mir unangenehm. »Der ganze Fall …«

»Stell mir Fragen.« Sie verschränkte die Arme und lehnte sich zurück.

»Fragen?«

»Wo warst du zum Zeitpunkt des Mordes, hast du den Verdächtigen davor noch gesprochen, und falls ja, wann, wovon handelte das Gespräch, verhielt er sich merkwürdig – du weißt schon. Ich muss dir doch nicht erklären, wie du deine Arbeit zu tun hast.«

»Aber das weiß ich schon. Das steht alles in der Akte. All die Fragen wurden dir schon längst gestellt. Der ganze Fall …« Sobald ich die letzten Worte geäußert hatte, wurde mir klar, dass ich mich wiederholte, aber ich hatte ja auch nichts Neues zu sagen. Man wiederholt sich, oder man sagt nichts, so ist das nun einmal. Eine Ausnahme bildet vielleicht die kurze Zeit der Jugend, in der man anderen alles nachplappert.

Ich frage mich zunehmend, was vorzuziehen ist, Schweigen oder Wiederholung. Es gibt viel Neues in der Wiederholung zu entdecken. Die Worte und die Taten, obwohl unverändert, gewinnen an Nuancen, an Bedeutung, an Kraft. Subtile Verschiebungen, aber es sind Verschiebungen. Wer älter wird, begreift seine Alltäglichkeit, seine Nichtigkeit immer besser, versöhnt sich damit, findet Erfüllung darin. So sollte es doch sein … Ich schüttelte missmutig den Kopf, was sich genauso gut auf die Worte beziehen ließ, die ich zuvor geäußert hatte.

Wenn meine Witwe diese gedankliche Abwesenheit bemerkt hatte, ließ sie sich das nicht anmerken. »Trotzdem hast du offensichtlich eine Assistentin nötig«, sagte sie, »obwohl du behauptest, dass du nicht danach gefragt hast.«

»Ich verstehe es auch nicht«, sagte ich. »Ich benutze sie einfach, so gut es geht.«

Meine Witwe lachte. Ich seufzte erleichtert. »So ist es«, sagte sie. »Was bleibt dir anderes übrig?« Sie stand auf, nahm meine Hand, forderte mich auf, mich ebenfalls zu erheben. »Komm«, flüsterte sie. »Ich hab noch etwas Leckeres. Zum Kaffee.«

Sie zog mich in Richtung Küche, aber unterwegs schien sie es sich anders zu überlegen. Sie führte mich Richtung Treppe und ging vor mir nach oben. Sie lachte höchst verführerisch.

Als wir wieder nach unten gingen, war der Kaffee kalt. (Sie auch. Als hätte sie mir etwas übelgenommen. Stiftete sie bewusst Verwirrung? Heranziehen und wegstoßen, mitarbeiten und zurückweisen, vorangehen und sabotieren? Vielleicht. Oder unbewusst, aber was spielte das für eine Rolle? Ich fühlte mich besser als je zuvor.)

Je wärmer es wird, desto stickiger wird die Luft in der alten Mühle. Sogar die Schreie der Möwen klingen nicht nur missmutig, wie üblich, sondern auch müde. Die schnippischen Vögel schleppen sich mit Mühe vorwärts, fliegen zwar noch, aber nicht hoch, direkt über dem träge dahinströmenden Fluss.

Die Sonne lastet auf dem Land und den Tieren. Es gibt kein Entrinnen. In die Mühle gelangen nur einige dünne Sonnenstrahlen, die den schiefen Boden abtasten, ohne etwas zu finden. Trotzdem ist die Hitze unerträglich. Das zu schöne Wetter hat alles Kühle vertrieben, und es ist nicht leicht, die stickige Luft bis nach unten in die Lunge zu bekommen. Ich werde von Hustenanfällen geschüttelt. Den grünen Schleim in meiner Hand betrachte ich eingehend, bevor ich ihn zurück in den Mund stopfe und herunterschlucke. Noch immer zu zivilisiert, um auf den Boden zu spucken, selbst hier.

Die Reste einer beinahe überwundenen Erkältung. Ich war

wirklich krank, Kommissar, nur nicht ganz so schlimm, wie ich behauptet habe. Es war nicht nur ein Kater.

Ich nähere mich den Trennwänden, gehe von einem geheimen Verschlag zum anderen, bis ich im hintersten stehen bleibe, der etwas versteckt in völliger Dunkelheit liegt und nur durch den angrenzenden Verschlag zu erreichen ist. Auch hier ist es warm, aber die Feuchtigkeit ist noch nicht ganz verschwunden. Es riecht muffig, verschimmelt. Das müssen die Wände sein, oder der Boden, denn eine Matratze liegt hier nicht mehr. Von den sechs Verschlägen sind nur noch zwei mit einem Schlafplatz ausgestattet – der nicht unbedingt als solcher zu empfehlen ist. Die anderen werden nicht oder nur flüchtig genutzt.

Hier war es. Ich weiß das aus den Polizeiberichten und von den Zeugenaussagen des bedauernswerten Paares, welches das leblose Opfer fand. Die Lust muss ihnen mit einem Schlag vergangen sein, denke ich. Oder gerade nicht – es gibt auch sonderbare Exemplare –, aber auf jeden Fall wird es ein Schock gewesen sein, in erwartungsvoller Erregung einen Ort zu betreten, der sich als Tatort entpuppt, an dem ein ganz anderes Delikt begangen wurde als hier sonst üblich.

Ich streiche mit den Händen über die dünne hölzerne Trennwand. Sie muss voller Blutspritzer gewesen sein, wenn man genau hinsieht, kann man sie sicher noch erkennen. Er schoss immer weiter, eine Kugel nach der anderen, unersättlich, wie angetrieben von äußeren Kräften, denen er gehorchen musste, die ihn vollkommen in der Hand hatten. Danach oder davor – ich erinnere mich, dass diese Frage vor dreißig Jahren für viel Wirbel sorgte – hatte er mit ihr Geschlechtsverkehr. Es muss eine verbissene, unwirkliche, erfüllende Angelegenheit gewesen sein. Wahre Liebe. Wenn sie tatsächlich noch lebte, nichts ahn-

111

te, musste sie überrascht gewesen sein von dem Feuer in ihm, das noch höher aufflackerte als beim ersten Mal. Wenn sie schon nicht mehr lebte, was ich aus irgendeinem Grund glaube, oder vielleicht hoffe, denn der Mensch ist sensationslüstern, konnte er nur sich selbst überraschen, sich selbst und wen auch immer er ins Vertrauen zog. Danach war er vollkommen mit Blut beschmiert, an den merkwürdigsten Stellen, das ist gar nicht anders denkbar.

Der tote Körper, die leere Hülle. Die Dummheit, die so viel weniger abstoßend ist als die Dummheit des lebendigen Körpers.

Ich bin müde. Ich spüre erste Anzeichen von Kopfschmerzen und höre vielleicht deswegen die Geräusche, die aus der Mühle kommen, erst, als es zu spät ist. Ich setze mich auf den Boden, streiche mir mit der Hand durchs verschwitzte Haar und seufze so tief, wie es die Atmosphäre zulässt.

Ich habe noch alle Haare, Kommissar. Du nicht, auch wenn du versuchst, das zu kompensieren, indem du die Augenbrauen und den Schnurrbart bis ins Lächerliche wachsen lässt. Es ist etwas dünner als früher und hellgrau, beinahe weiß, aber ich habe es noch.

Meine Assistentin stellte keine Fragen. Das zerstreute meinen Argwohn zwar nicht, aber es sorgte dafür, dass es mir gelang, mich langsam an ihre Anwesenheit zu gewöhnen, sie sogar einigermaßen schätzen zu lernen.

Sie fiel nicht auf, sie machte keinen Lärm, sie zog in keinerlei Weise die Blicke auf sich, aber sie war da. Ihr Charakter entsprach ihrem Aussehen. Sie zog sich nie in ihr Schneckenhaus zurück – ich denke, sie hatte gar keins –, und wuchs nie über sich selbst hinaus. Sie war und handelte »einfach«. Sie lebte. Sie war schön und natürlich.

»Kommst du einmal mit zur Mühle?«

Eine Frage, die ich nicht wagen würde, meiner Witwe zu stellen.

Sie sah mich an, zögerte.

»Vielleicht bemerkst du etwas, das ich übersehe, oder dir fällt etwas ein, das ein neues Licht auf den Fall wirft.« Ich sagte es sehr ruhig. Meine Stimme zitterte kaum.

Sieh mich hier sitzen, ein alter, magerer Mann, grau und unauffällig bis ins Mark seiner spröden Knochen, aber, und das macht die Sache nur noch schlimmer, mit einem Geist, der wie neu ist.

»Gut«, sagte sie. Natürlich. »Wann?«

In ein paar Tagen nehme ich sie mit. Meine Mühlen mahlen langsam, aber wenn sie mahlen, tun sie es gründlich.

Das Leben ist eine Reihe vollkommen willkürlicher Handlungen, die sich endlos wiederholen und mit einem unbegreiflichen, beinahe verbissenen Ernst abgearbeitet werden. Ich stehe auf, wasche mich, ziehe mich an. Ich treffe Entscheidungen, die mich einige Minuten lang wirklich beschäftigen. Ich esse, trinke Kaffee, putze mir die Zähne. Über die Zahnpasta und die Zahnbürste habe ich nachgedacht – irgendwann einmal, seitdem kaufe ich stets dieselbe. Ich gehe zum Bäcker, kaufe Brot. Ich gehe zur Arbeit, komme nach Hause. Ich schenke mir, man gönnt sich ja sonst nichts, ein Glas Genever ein. Ich trinke es aus. Immer wieder. Wichtig ist, das nicht zu bemerken. So lange geht es gut.

Sie sind schon drinnen. Ein Mann und eine Frau, eigentlich ein Junge und ein Mädchen, sprechen mit gedämpften Stimmen, als wäre jemand in der Nähe, der sie hören könnte. Ab und zu nervöses Gekicher.

Es ist zu spät, um noch ungesehen davonzukommen. Ich werde von den müden Füßen bis zum alten Kopf von einer heftigen Panik ergriffen, die anschließend in Verwirrung umschlägt. Ich fühle mich, als hätte ich eine Wattedecke über den Kopf gezogen, ich kann kaum noch normal denken.

Es läge nahe, aufzustehen, den Dienstausweis zu zücken und festen Schrittes die Mühle zu verlassen, unterwegs das erschreckte Paar vielleicht noch streng zurechtzuweisen, um ihnen ein wenig Angst einzujagen. Irgendwo in einer abgelegenen Region meines Gehirns blitzt dieser Gedanke kurz auf, wird aber nicht ernsthaft in Erwägung gezogen. Ich bleibe sitzen und warte ab.

Sie wählen den Verschlag, der zwei Trennwände von meinem entfernt ist, schätze ich. Einen der beiden Räume mit einer Matratze. Ihre Stimmen senken sich zu einem für mich unverständlichen Flüsterton, es ist ein Geraschel zu hören – sie ziehen sich ganz oder teilweise aus, stelle ich mir vor –, und dann ist es für einen Moment vollkommen still.

Nicht lange. Die unverkennbaren, eigentlich nicht so wohlklingenden, doch erregenden Laute, die mit der körperlichen Liebe einhergehen, hallen durch die stickige Mühle. Keuchen, hastige Worte, Stöhnen, ein unterdrückter Schrei, langsam in Lautstärke und Schamlosigkeit zunehmend. Im gedämpften Licht und der schwülen Hitze scheinen die Geräusche zu Fleisch zu werden, sie werden zu Tieren, die verwirrt durch den engen, dämmrigen Raum irren und auf der Suche nach dem richtigen Weg gegen die Abtrennungen stoßen.

Es reißt mich mit. Ich lausche angestrengt, identifiziere mich mühelos mit den Hauptpersonen des Aktes, der kein verbrecherischer ist, höchstens eine Übertretung, eine kleine Verletzung des Eigentumsrechts oder des Sittengesetzes. Aber ich mache keine Schwierigkeiten, von mir kriegen sie keinen Ärger, jetzt noch, im Nachhinein. Zulassen ist schön und geschieht viel zu selten. Es schlummert eigentlich nur wenig Böses im Menschen, eine milde Verwarnung reicht in den meisten Fällen.

Ich schweife ab. Aber nicht lange. Die Geräusche nehmen an Stärke und Intensität zu, die Liebenden nehmen ihre Umgebung nicht mehr wahr, ich meine genauso wenig, nur noch sie und mich selbst. Ich gehe völlig im Geschehen auf. Ich bin von nichts und niemandem zu unterscheiden, ich mache mit. Ich öffne meine Hose und mache mit.

Dann, als die Erregung abgeklungen ist, ihre ebenso wie meine, und die Stimmen der beiden schlagartig ihren normalen Ton wiederfinden, eine plätschernde, noch etwas verlegene Unterhaltung beginnen, explodiere ich in einem schrecklichen Hustenanfall, schlimmer noch als derjenige vor einer Stunde. Gleichzeitig muss ich lachen, woraufhin Lach- und Hustenanfälle einander abwechseln.

Ich lache, Kommissar, ich lache lauthals. Die Lautstärke, die ich hervorbringe, überrascht mich selbst. Nach einer kurzen, atemlosen Stille ist ein erschrecktes Gestammel zu hören. Hastig werden Sachen zusammengerafft, eine Unterhose angezogen, ein Hemd über den Kopf, der Rest über den Arm geworfen. Schnelle Schritte, die gedämpft durch die staubige, muffige Mühle hallen, das Geräusch der alten Tür, die in den Angeln knarrt.

Einen Augenblick lang bleibe ich noch verblüfft dort sitzen

und sehe mich um. Dann komme ich, das Alter verfluchend, mühsam auf die Beine, mit knirschenden Gelenken, und als ich erst einmal stehe, bekomme ich einen erneuten Lachanfall. Die Müdigkeit wird davon ebenso vertrieben wie das Unbehagen, allerhand böse Dämpfe weichen aus meinem Körper. Er wird gelüftet, und ich spüre, dass ich mich erhole. Das habe ich gebraucht. Ich lache zu selten.

Ich glätte meine Kleidung und klopfe den Staub ab. Danach gehe ich hinaus, um einen Blick auf die neuen Mühlen zu werfen, die hoch und schlank in den Himmel aufragen, unberührt von den Ereignissen. Ich fühle mich frisch, trotz der Müdigkeit, die zurückkehrt, um sich wollüstig in meinen Gliedern auszubreiten, trotz der nicht nachlassenden Hitze und der brennenden Sonne. Zum zweiten Mal innerhalb kurzer Zeit sehe ich ein junges Paar über das Feld davonrennen. Es ist auf der Flucht. Vor mir. Ich fühle mich gut.

Ich spüre die Pistole, und die Pistole spürt mich. Die Pistole ist eine Verlängerung meines Körpers, ein Teil davon, der wichtigste Teil. Sie übernimmt das Kommando. Sie ist um Klassen besser als der Dienstausweis. Sie erfüllt dieselbe Funktion, tut dies aber mit viel mehr Überzeugungskraft.

Der Staub, der aufwirbelt und sich nur langsam wieder legt, das Blut, das dem Zuschauer seine Fülle zeigt, das wollüstig strömt und nur langsam gerinnt. Das Nachladen, das so wichtig ist. Der nüchterne Abgang, zufrieden und unzufrieden zugleich, das wird man immer vor Augen haben. Es ist nie richtig.

19 Schnaps | Stadt und Stern

Ich trinke, bis ich genug habe, und danach trinke ich einfach weiter. Weil ich noch eine zweite Flasche habe, und weil über Maßlosigkeit viel Gutes erzählt wird.

Mein Wohnzimmer ist nicht groß, aber groß genug. In der Hoffnung auf Abkühlung habe ich alle Fenster weit geöffnet. Es wird dunkel, aber mir fehlt die Energie, um aufzustehen und das Licht anzumachen. Langsam verschwimmt der Bücherschrank, verschwinden die Wände.

Die Fenster schenken mir Aussicht, lassen neben Mücken Licht und Luft herein, versichern mir, dass alles halb so schlimm ist. Ich neige dazu, auf sie zu hören. Die Mücken betrinken sich an mir. Die Stadt ringsum, Quelle von Gut und Böse, versinkt in Gedanken. Ich wohne im vierten Stock, sehe mehr Himmel als Häuser. Es ist eine klare Nacht. Trotz des Lichts und der Verschmutzung, die die Stadt verbreitet, sind die Sterne deutlich zu sehen. Sie schwimmen vor meinen Augen, tanzen vor den Fenstern hin und her.

Der Genever ist im Laufe der Stunden warm geworden, aber das stört mich nicht. »Es geht um den Effekt«, sage ich und hebe das Glas. Ich will einen Toast ausbringen. »Auf ...«, sage ich, »auf ...«, aber es fällt mir nichts ein. »Auf.« Ich trinke das Glas in einem Zug leer und fülle es, beinahe ohne etwas zu verschütten, wieder bis zum Rand. »Noch einen«, murmele ich. Ich lehne mich zufrieden zurück.

Ein paar Gläser später wird mir tatsächlich ein bisschen kalt. Ich stehe auf – beim zweiten Versuch schaffe ich es – und halte mich ein paar Dutzend Sekunden lang an der Stuhllehne fest, um nicht gleich wieder zurückzufallen. Ich sehe mich und meine Lage bemerkenswert klar. Ich sehe mich wanken, ich weiß, dass in meinem Kopf alles durcheinanderwirbelt, ich merke, dass der Genever über den Rand des Glases schwappt, das ich mit der rechten Hand umklammere. Ich beobachte mich amüsiert, wie ich sorgfältig meine Hand und die Außenseite des Glases ablecke.

Als das Schwindelgefühl nachlässt, gehe ich zur Balkontür. Ich stoße sie mit einem kräftigen Schwung auf, mit dem ich zugleich den Mülleimer umwerfe, und trete auf den Balkon. Ich spüre eine kühle Brise, die ich in vollen Zügen zu genießen versuche. Die Stadt ausgebreitet zu meinen Füßen, die träge tanzenden Sterne über mir: Ich lebe.

Ich gehe hinein, um das Glas erneut zu füllen und die Pistole zu holen. Sie ist schwerer als sonst, und schwärzer, ich betrachte sie zärtlich, während ich zum Balkon zurückgehe. Ihr könnt euch bewegen, denke ich, aber ich kriege euch doch. Ich ziele auf die Sterne.

Das Glas stelle ich auf das Geländer neben mir. Mit dem Bauch gegen die Balustrade gelehnt, hebe ich die Pistole. Ich stütze die rechte Hand mit der linken, denn das Leben ist schwer. Ich habe nicht mehr die Muskelkraft eines jungen Mannes, das weiß ich, aber mein Reservoir an Willenskraft habe ich nie angezapft. Da muss noch eine ganze Menge sein.

Ich hole tief Luft und warte, bis das schlimmste Schwanken

vorbei ist. Dann wähle ich einen Stern, einen großen, hellen, beinahe direkt über mir, der freundlich blinzelt und sich nicht so wild bewegt. Ich beginne zu schießen. Achtmal, schnell hintereinander. »Getroffen«, murmele ich, während ich die Pistole erneut lade. »Alle getroffen.« Die Schüsse hallen mir noch in den Ohren, der scharfe Geruch von Schießpulver dringt bis tief in die betäubten Schleimhäute meiner Nase vor. Ich werde ihn tagelang nicht loswerden, eine süße Erinnerung.

Dann stolpere ich. Als ich falle, reiße ich das Glas mit, das auf dem Geländer stand, aber mit meiner freien Linken gelingt es mir, einen Stab des Gitters zu umklammern, das mich vor dem Sturz in die Tiefe schützt. Ich lande in einer sitzenden Position, mit dem Rücken an der Balustrade. Zu meinen Füßen das zersplitterte Schnapsglas und der Abfall aus dem Mülleimer. Ich lege die Pistole weg und nehme die größte Scherbe. Sie glänzt hell in der warmen Glut der Stadt, ein herabgestürzter und zerbrochener Stern, der Beweis, dass ich getroffen habe. »Das Blut ist dünn«, sage ich, »aber deswegen nicht weniger rot.« Es klingt bedeutungsvoll.

Konzentriert kerbe ich einen tiefen Schnitt in die Innenseite meiner linken Hand, quer, über die ganze Breite. Ich genieße das Glücksgefühl, das meinen Körper durchströmt, ich spüre, dass mein Körper wirklich mir gehört, obwohl er nicht mehr von bester Qualität ist, obwohl Gelenke und Organe allmählich verschleißen. Oder vielleicht gerade deshalb: In all den Jahren, in denen ich meinen Körper nicht spürte, schien er nicht da zu sein. Jetzt lässt er mich existieren.

Der Schnitt brennt, das Blut strömt. Die warme Feuchtigkeit, die mir über die Hand fließt, gibt mir ein Gefühl von Geborgenheit, wie ich es all die Jahre nicht mehr erlebt habe. Vielleicht habe ich es nie gekannt. Man kann sich jedoch auch nach Dingen zurücksehnen, die man nie gekannt hat, so viel steht fest. Ich sehne mich nach Jugend, Lebenslust, was auch immer. Nicht, dass ich mich beklage: Ich kann mir nur selbst die Schuld geben. Ein etwas aggressiverer Lebensstil, etwas weniger Zurückhaltung, etwas weniger Nachdenken, mehr ist nicht nötig. Ich kann nur hoffen, dass es noch nicht zu spät ist. Ich bin jedenfalls auf einem guten Weg.

Das Blut glänzt so tiefrot, dass es mir zuzustimmen scheint. Ich stecke die Scherbe noch einmal in die linke Hand, vertiefe und verbreitere den Schnitt, zerre und drehe, als wollte ich die Fugen zwischen den Fliesen einer Terrasse aushöhlen, vielleicht um eine Vertiefung für Murmeln zu schaffen, in der sich später mein Gewinn und mein Verlust aufhäufen werden. Den Schmerz ertrage ich mühelos. Ich bin stark.

»Gut«, sage ich nach einer Weile und ziehe mich an den Stäben des Geländers hoch, bis ich wieder auf den Füßen stehe. Ich will keine Sehnen durchschneiden oder den Knochen treffen. Es geht um das Erlebnis, nicht um den Ernst der Verletzung. Es geht um die Idee. Die Wunde ist Nebensache, die zufällige Folge des Messerstiches, so wie das Opfer das Nebenprodukt des komplizierten Prozesses ist, der Mord heißt, der Beweis, dass er gelungen ist. Unverzichtbar zur Kontrolle, aber auch nicht mehr.

Ich beuge mich zur Pistole hinunter, die neben meinen Füßen liegt, beginne aber sofort zu würgen. Mit Mühe schlucke ich eine scharfe, saure Welle Erbrochenes herunter und richte mich wieder auf. Dann eben nicht. Acht Schüsse müssen genügen. Außerdem wird man die Schüsse wohl gehört haben, und wenn ich jetzt wieder anfange, werde ich vielleicht die Aufmerksamkeit auf mich ziehen. Ich erschauere und schlurfe hinein.

Ich bin auf einmal müde und krank und trübsinnig. Es war auch zu schön, um wahr zu sein.

Achtlos gehe ich links, rechts, geradeaus. Ich überquere, kürze ab, wähle eine Gasse, die niemand sonst nimmt. Ich bin in der Stadt zu Hause. Wenn ich irgendwo zu Hause bin, dann in dieser Stadt. Ich kenne sie bis in alle Einzelheiten, nicht durch Studium, sondern durch eigene Erfahrung, durch jahrelange Anwesenheit. Wissen, das durch Zufall erworben wurde und deshalb viel besser hängen bleibt.

Diese Stadt ist das Einzige, das mir wirklich etwas bedeutet, stelle ich fest. Ich bin unterwegs zu meiner Witwe, die mir in kurzer Zeit sehr ans Herz gewachsen ist, aber der Grund dafür – ich muss ehrlich sein – sind die mangelnden Alternativen. So wie ein neues Küchenmesser den Koch zufriedenstellt, ist die erreichbare Frau ein Grund für Dankbarkeit. Aber dass es schärfere Messer gibt, kann der Koch nicht leugnen. Er kann es höchstens ab und zu vergessen. Er hat nicht das Geld dafür, warum sollte er sich also abmühen? Dieses Messer schneidet auch.

»Das Leben ist schwer«, sage ich streng. »Und kurz. Und erbärmlich.«

Meine Assistentin blickt mich erstaunt an. Sie versteht nicht, wovon ich rede.

»Sprich nicht zu abfällig über den Mörder«, erkläre ich, aber die Überzeugung ist aus meinen Worten verschwunden.

Warum sich die Mühe machen? Kontaktversuche vergrößern die Einsamkeit nur, weil sie immer scheitern und weil sie die Einsamkeit, die einen umgibt, nur noch unterstreichen. Ein großes, leeres Haus.

Mir ist klar, dass dies schon lange kein Polizeibericht mehr ist. Wie gesagt: Ich bin kein Schriftsteller. Vielleicht wäre es das Beste, dies als Tagebuch zu betrachten, es niemanden lesen zu lassen. Ich würde meine Pflicht verletzen, aber das macht nichts – es wird nicht mit einem Resultat gerechnet. Es war nie beabsichtigt, dass ich wirklich konkrete Schritte unternehme.

In Tagebüchern wird genauso heftig gelogen wie in anderen Schriftstücken. Wahrscheinlich sogar noch schamloser.

Aber ich sehe mit so viel Vorfreude dem Moment entgegen, in dem ich diesen Bericht auf deinen Schreibtisch knalle, dein Blick, wenn du den Papierstapel siehst, allein schon den beeindruckenden Umfang. Und dann hast du ihn noch nicht einmal gelesen.

Ich bin neugierig.

20 Zitrone | Champagner

Es war nun schon so lange warm, dass die Hitze sich überall ein-
genistet hatte. Es gab kein einziges kühles Plätzchen mehr, jeder
Spalt, jede Nische war mit warmer, stickiger Luft gefüllt. Wenn
ich eine Schublade meines Schreibtisches aufzog, schien mir eine
Hitzewelle entgegenzuschlagen, die alles noch etwas unerträgli-
cher machte. Ich arbeitete widerwillig, aber munter. Es war früher Nachmittag, meine Jacke hing über der Stuhllehne. Alles,
Gegenstände, Menschen und sogar die Luft, war im Laufe des
Tages klebrig geworden. Ich stank vermutlich, aber der Geruch
im Büro übertönte alles.

Plötzlich stand sie neben meinem Schreibtisch. Die Abkühlung in Person. Ich spreche von meiner Witwe, nicht von meiner
Assistentin. Die würde ich nie mit einer frischen Brise verglei-
chen. Allein schon wegen ihres Umfangs eine lächerliche Vor-
stellung, ihr Umfang und die glänzende Schweißschicht, die
über ihrem Körper lag – jedenfalls über den sichtbaren Teilen
davon – und die sogar ihre kurzen braunen Haare zu bedecken
schien.

Also meine Witwe. Vom Himmel geschickt. Sie trug ein
schwarzes Kleid, sicher kurz für eine Frau in ihrem Alter, aber
korrekt. Sie schwitzte nicht, schien die Hitze kaum zu bemerken.

»Kommst du?«, sagte sie.

Ich sah sie verdutzt an. »Was?«

Sie gehörte hier nicht hin. So ging es mir oft: Wenn ich auf der Straße einem Kollegen begegnete, konnte es leicht passieren, dass ich ihn nicht erkannte. Das wurde als Arroganz oder als Zerstreutheit interpretiert, war aber etwas anderes: Unfähigkeit, zu improvisieren, sich anzupassen. Ein Kollege gehörte in die Dienststelle, meine Witwe in ihr Haus, so wie der Fleischer in die Fleischerei und ein Zugführer in einen Zug. An einem anderen Ort durften sie nicht sein. Ein König hat seinen Palast nicht zu verlassen, das stiftet bloß Verwirrung.

Nur ich ging überall ein und aus, weil ich nirgendwo hingehörte. Als wäre ich der Einzige, dem jeder Ort des täglichen Lebens zur Verfügung stand. (Ich sollte das eigentlich viel mehr ausnutzen.)

Ich war also überrascht. Sie lachte nachsichtig. »Ein Eis essen«, sagte sie. »Erzähl mir nicht, dass du keine Lust dazu hast.«

»Doch.« Selbst in meinen Ohren klang es wenig überzeugend. »Gut.« Ich nahm den Stapel Papiere, der vor mir lag – ganz oben ein altes Interview mit der Frau, die jetzt verführerisch neben mir stand, sie muss es gesehen haben –, und ordnete ihn, indem ich ihn mit allen vier Seiten auf die Schreibtischplatte klopfte, bis jedes Blatt in Reih und Glied lag. Ich stand auf. »Natürlich.«

»Es muss nicht sein.« Sie runzelte die Stirn und zog einen Schmollmund. Sie war enttäuscht, und das sollte ich auch merken. »Dann gehe ich eben wieder nach Hause.«

»Nein, gerne«, sagte ich schnell. »Ich will nichts lieber. Was mache ich hier eigentlich?« Es stimmte: Ich wollte nichts lieber, als das stickige Büro verlassen, eine Aussicht, die durch die Gesellschaft einer schönen Dame und den Genuss von kaltem, süßem Eis noch verlockender wurde. Ich musste mich nur noch an den Gedanken gewöhnen – schnell bin ich nie gewesen.

Am Schreibtisch neben mir blickte meine Assistentin von der Arbeit auf, die ich ihr zugeschoben hatte.

»Ich gehe kurz nach draußen«, sagte ich hastig. »Weil …«

Sie schien es mir nicht übelzunehmen. »Viel Spaß!«, sagte sie, lächelte mir aufrichtig zu und beugte sich wieder über ihre sinnlose Arbeit.

Vielleicht sollte ich sie etwas mehr an den Ermittlungen beteiligen, überlegte ich. Ich betrachtete sie noch einen Augenblick. So viel Treuherzigkeit, so wenig Sorgen.

»Ist sie das?« Meine Witwe, die sich schon zum Gehen gewandt hatte, warf einen Blick auf meine Assistentin.

»Ja.« Ich zögerte. Ich begriff, dass ich die beiden einander vorstellen sollte, aber der natürliche Moment war vorbei, hatte sich durch mein Zögern verbraucht. Als würde man jemandem, der Geburtstag hat, nicht gratulieren, dachte ich.

Meine Assistentin blickte ein zweites Mal auf, als wolle sie fragen, was los sei. Ich winkte ihr ungeschickt zu, nahm meine Jacke, die ich sicher nicht brauchen würde, aber in der sich angenehm schwer die Pistole befand, warf sie mir vorsichtig über die Schulter und ging. Meine Witwe war bereits mit stürmischen Schritten vorgegangen.

Draußen, es überraschte mich nicht, war es warm, vielleicht noch viel wärmer als drinnen. Doch es war eine erträglichere Wärme, die zwar ermüdend, aber nicht erstickend war.

Meine Witwe lachte. »So«, sagte sie zufrieden, »davon habe ich dich erlöst. Was sagst du dazu?«

Ich dachte kurz nach. »Danke«, sagte ich dann. »Vielen

Dank.« Es war die richtige Antwort, denn sie ergriff meinen Arm und zog mich in Richtung Stadtzentrum.

In den Straßen herrschte viel Betrieb. Die Leute genossen es, das sah man. Vielleicht, nach dieser langen Zeit mit ungewöhnlich gutem Wetter, hatte alles etwas Pflichtgemäßes, Gelangweiltes, aber sie gaben sich die größte Mühe. Die Cafés waren voll, an den Straßenecken wurde geplaudert, die Grachten waren voller Ausflugsschiffe und Tretboote, viele Autos mit offenem Verdeck, spärliche Kleidung. Es sah nach Urlaub in einem anderen Land aus. Alle waren fest entschlossen, es zu genießen.

Die Pistole in der Jackentasche schlug mir bei jedem Schritt beruhigend gegen die Rippen. Zum Ausgleich legte ich die Jacke über die andere Schulter.

Ich dachte an meine Arbeit und meine Witwe, an meine Pension und meine Assistentin, sogar an Sie, Kommissar, an so viele Dinge gleichzeitig, dass man es kaum noch als Denken bezeichnen konnte. Es war ein Mahlen, langsam, aber beständig, und es würde nichts Besonderes dabei herauskommen, nichts Nachweisbares, so viel stand fest.

»Wie läuft es?«, fragte meine Witwe.

»Gut«, antwortete ich sofort.

Sie kicherte. »Mit der Untersuchung, meine ich. Hast du mir keine Fragen zu stellen? Diese Assistentin von dir, tut die was Nützliches? Solche Dinge.«

»Ach, nützlich«, sagte ich. »Was ist schon nützlich? Die ganze Untersuchung …« Ich schüttelte den Kopf und riss mich zusammen. »Natürlich«, sagte ich mit fester Stimme. »Sie ist sehr nützlich. Sie erledigt die Drecksarbeit, die langweiligen, nervtötenden Aufgaben. Das macht viel aus. Außerdem …«

»Ah, das Eiscafé«, unterbrach mich meine Witwe, die offensichtlich nicht zugehört hatte. Sie zog mich zu ein paar kleinen Tischen auf dem Bürgersteig.

Draußen waren alle Stühle besetzt, aber drinnen war das Café fast leer. Einige Tische waren fürs Mittagessen gedeckt – dies war nicht nur ein Eiscafé, sondern gleichzeitig, wenn auch mit viel weniger Überzeugung, ein Restaurant. Wir setzten uns ans Fenster, eingeklemmt zwischen einer Kunstpalme und einem leeren Garderobenständer.

»Ich kann dir das Sorbet empfehlen«, sagte meine Witwe und beugte sich nach vorn. Unsere Gesichter berührten sich beinahe. »Sehr erfrischend.«

Ich wich nur ein kleines Stück zurück. »Gerne«, sagte ich.

»Zwei Zitronensorbets«, sagte meine Witwe zu dem gelangweilt aussehenden Mädchen, das die Bestellung aufnahm. »Und zwei Gläser Champagner.«

Mein fragender Blick entging meiner Witwe nicht. Ich wollte etwas von Dienstzeit, nicht trinken, früher Nachmittag sagen, aber ich schwieg.

»Was spielt es für eine Rolle?« Sie ergriff meine linke Hand und kniff hinein. Ihre Augen glitzerten wie Eiswürfel in einem Wasserglas. Sie war bezaubernd. »Genieße es! Ich werde dir helfen.«

Zurück im Büro, schwirrte mir der Kopf von den drei Gläsern Champagner, zu denen ich so unerwartet eingeladen worden war. Meine Assistentin blickte mich argwöhnisch an.

21 Nebenbei | Bericht

»Ich tue alles für dich«, sage ich und sehe sie an – der Blick eines treuen Hundes, der aus Dankbarkeit für jede Berührung bereit ist, sich alles gefallen zu lassen.

»Alles?« Sie lächelt belustigt.

»Alles«, sage ich.

Ich drehe den Kopf zur Seite. Das grelle Sonnenlicht dringt durch die weißen Gardinen und setzt das Zimmer in Brand, ein kühler, langsamer Brand, der dennoch alles verzehrt.

»Das will ich erleben«, sagt sie.

»Nur zu.« Ich senke den Kopf, um gestreichelt zu werden. Es ekelt mich an. Ich genieße es.

Den Mord habe ich immer bevorzugt, weil er am einfachsten zu verstehen ist. Ich habe es dir nie erzählt, Kommissar, was vielleicht seltsam ist, aber von einem hochrangigen Beamten wie dir kann man schließlich ein wenig Aufmerksamkeit und Menschenkenntnis erwarten. Drogenhandel, Betrug, Diebstahl, Gewalt, sogar Sexualverbrechen und Totschlag – so schön sie auch sein mögen, sie sind nichts im Vergleich zur sauberen Schönheit des Mordes. Der Mord ist eindeutig. Es gibt eine Absicht, und es gibt ein Resultat. Kein Versehen, kein Zufall, keine Chance für den Täter, es wiedergutzumachen. Keine Nuancen, keine Schattierungen. Der Mord ist eine Kristallkugel, durchsichtig und geheimnisvoll. Der Mord ist das Höchste.

Das Zweithöchste ist die Untersuchung des Mordes. Das ist der einzige Teil meiner Arbeit, der mich jemals befriedigen konnte. Nur bis zu einem gewissen Grad, denn es bleibt etwas Sekundäres, aber näher heran kommt man nicht, ohne selbst einen Mord zu verüben.

Ich eigne mir andere Leben an. Ich bin der Mörder, das Opfer, der Angehörige, der zufällige Zeuge. Ich fülle meine Leere mit ihrer Existenz. Ich bin alles und jeder.

»Alles ist vorbei«, sagte einmal ein Verdächtiger zu mir. Ich hatte ihn am Ort des Geschehens festgenommen – eine sexuelle Belästigung oder eine Vergewaltigung, nichts Spektakuläres –, wohin er einige Stunden nach der Tat zurückgekehrt war, um seine Spuren zu verwischen, wie er behauptete. Aber wahrscheinlich – man braucht nicht Psychologie studiert zu haben, um das zu vermuten –, war er vielmehr gekommen, um erwischt zu werden.

Seine scheinbar klischeehaften Worte, die er in einem merkwürdig ernsthaften Tonfall äußerte, ließen mich nicht mehr los. Sie kamen überraschend, aus dem Nichts, als ich überhaupt nicht damit rechnete, sonst hätten sie nie einen solchen Eindruck auf mich gemacht. Aber sie waren tiefgründig und klar wie ein unterirdischer See.

Alles ist vorbei. Ich murmele es ab und zu vor mich hin, wenn die Dinge und Menschen mir seltsam vorkommen, eine Erfahrung, die entgegen meiner Hoffnung mit den Jahren nicht seltener wird. Alles ist vorbei. Drei einfache Worte. Die einzige Behauptung, die immer zutrifft. Alles ist vorbei, immer.

Du kannst es mein Motto nennen, wenn du willst. Verstehst du mich? Du musst mich verstehen.

Es tut mir leid, dass es bei diesem idiotischen und überflüssigen Bericht bleibt, aber ich kann nicht mehr daraus machen. Natürlich würde ich Sie lieber in einen Strom von Blut und Gewalt versenken, schockierende Ergebnisse präsentieren, die wirklich etwas verändern, würde Sie, Kommissar, mit meinen alten Füßen von Ihrem klapprigen Thron stoßen, bewaffnet lediglich mit einem Stapel Papiere, diesem Stapel, der nichts als die Wahrheit enthält, sowie die Erläuterung der Wahrheit und die Ankündigung der Wahrheit. Sie würden sprachlos untergehen.

Natürlich war dies die Absicht, und am Anfang glaubte ich daran. Es wird die Selbstüberschätzung gewesen sein, die von jedem Autor und in gewissem Sinne von jedem Menschen verlangt wird, sonst kommt er auf keinen grünen Zweig. Einen absoluten Realisten gibt es nicht.

Dies war die Absicht, aber es gelang mir nicht, sie umzusetzen. Sie müssen sich wohl oder übel mit den Tatsachen zufriedengeben: Ich habe den Mörder nicht gefunden.

Ich glaubte daran! Ich habe es gerade so achtlos dahingesagt, aber das ist schon allerhand. Ich glaubte, zum ersten Mal in meinem Leben. Scheitern ist danach nicht mehr möglich.

Es bringt mich voran, dies aufzuschreiben. Ich bin einer Sache auf der Spur, so viel steht fest. Wie ein Jagdhund, die Nase am Boden, folge ich der Spur, die die Wahrheit, der scheue Hase, bei aller Vorsicht hinterlässt. Ich freue mich auf die Belohnung nach dem Fang.

Aber jetzt stehe ich auf, um den Worten Taten folgen zu lassen. Ich ziehe mich an, nehme die Pistole, gehe zur Arbeit, um meine Assistentin abzuholen, die ich ausnahmsweise einmal gebrauchen kann, und beginne mit der Rekonstruktion der Ereignisse.

Doch ich zögere. Ich beschreibe den Weg, dem ich folge, aber manchmal weiß ich nicht, warum. Ein Motiv scheint es nicht zu geben.

Stur weitermachen, würden Sie sagen, und einen anderen Weg gibt es auch nicht, aber es ist nicht leicht.

Das Leben. Ich suchte es, aber jetzt, da ich es gefunden habe, bin ich unsicher geworden. Mir ist klar, dass ich mich des Selbstmitleids schuldig mache, Seite um Seite, Stunde um Stunde, aber das allein ist schon eine Errungenschaft für jemanden wie mich.

Das Alter macht milde, heißt es. Das stimmt nicht: Das Alter macht alt, mehr nicht. Und selbst daran zweifle ich. Es verändert sich eigentlich nichts. Der größte Unterschied besteht vielleicht darin, dass man im Alter weiß, dass sich nichts verändert.

Ich fühle mich jünger denn je, auch jünger als Sie, Kommissar, obwohl ich weiß, dass ich Ihnen in Wirklichkeit ein paar Jahre voraus bin. Ich spüre auf einmal ein Verlangen, das ein durchschnittlicher Zwanzigjähriger kaum beherrschen könnte.

Das nebenbei

22 Macht | Die neuen Mühlen

In meiner Aktentasche stecken die gewünschten Dokumente. Die Tasche schlägt bei jedem Schritt gegen mein Bein und kommt mir schwerer vor, als der Inhalt vermuten ließe. Eine Pistole und ein Stapel Papiere, wie viel kann das schon wiegen? Allerdings sind es keine gewöhnlichen Papiere. Ich habe sie mir unter den Nagel gerissen, wie es so schön heißt. Es sind Originaldokumente, dreißig Jahre alt, und sie gehören in das unendliche Labyrinth, das Polizeiarchiv. Ich glaube nicht, dass man sie vermissen wird, aber das Herz klopft mir bis zum Halse, als ich durch die Straßen gehe, die zum Haus meiner Witwe führen. Obwohl ich weder Hände noch Füße spüre, tut mir alles weh.

Warum, wirst du fragen. Darum. Weil sie es verlangte.

Moralische Bedenken habe ich keine, sollte jedenfalls keine mehr haben, nicht nach all den Jahren, außerdem habe ich freien Zugang zu den Archiven, also ist alles in bester Ordnung. Trotzdem schnappe ich nach Luft, nicht nur wegen des Smogs, eine Folge des wochenlangen Sonnenscheins, und nicht nur wegen der langsam abklingenden Erkältung, die ich mir vor zwei Wochen im nassen Gras auf dem Weg zur Mühle geholt habe. Ich bin mir dessen, was ich tue, voll und ganz bewusst – was eigentlich um jeden Preis zu vermeiden ist. Die Stadt ist eine Ansammlung von Augen, die neben- und übereinander angeordnet

132

sind. Sie weiß alles, kennt mehr Details als das beste Archiv, aber sie ist nicht nachtragend. Sie hat so viel gesehen. Sie ist voller Mitleid, eine Mutter, ein Hafen.

Ich will sie nicht enttäuschen.

Ich muss sie enttäuschen, das ist eine der Forderungen, die das Leben stellt.

In größter Verwirrung erreiche ich das Haus meiner Witwe. Ich kann es kaum erwarten, ihr endlich meine Last zu übergeben. Sie lacht. Ihre eisblauen Augen strahlen, ein kaltes, blitzendes Licht. »Es war nur ein Test«, sagt sie, während sie die rote Mappe entgegennimmt.

Ich verstehe es nicht.

»Du würdest alles für mich tun, erinnerst du dich?« Sie küsst mich auf die zitternden Lippen. »Jetzt weiß ich, dass du die Wahrheit gesagt hast.«

Plötzliche Erleichterung und Freude, Angst und Selbstmitleid verkriechen sich in eine dunkle Ecke. Ich nicke und folge meiner schwarzen Witwe – selbst bei diesem Wetter trägt sie ausschließlich Schwarz – ins Haus und nach oben. Ihre blauen Augen, ihre unangefochtene Macht.

Die neuen Mühlen sind wie immer wachsam. Der Rest der Welt mag bei der anhaltenden Hitze schläfrig werden, die alte Mühle langsam, aber sicher unter der Last der Jahre in sich zusammensacken – die schlanken, weißen Wächter kennen keinen Moment der Schwäche. Sie sind eiskalt. Ihre Flügel drehen sich wie besessen, als wäre es wichtig.

Bieten sie Schutz, oder werden wir überwacht? Es spielt keine Rolle. Sie sind so hoch über das Irdische erhaben, dass es nur richtig sein kann, was sie beschließen. Wenn wir kleinen Würmer damit nicht einverstanden sind, haben wir es einfach nicht begriffen.

Ich gehe über die Trittsteine zur alten Mühle. Als ich die Stelle des Weges erreicht habe, die am dichtesten an den modernen Windrädern vorbeiführt, bleibe ich stehen. Der Schweiß läuft mir in Strömen herunter. Das Hemd ist durchnässt, und sogar auf der Hose haben sich feuchte Flecken gebildet.

Er wird diesen Weg genommen haben, denke ich, zusammen mit seiner heimlichen Geliebten. Sie kamen oft hierher, das hat er vor dem Richter zugegeben, also kannten sie sich hier aus. Außerdem hinterlässt man keine Fußspuren, wenn man nicht querfeldein, sondern über die Steine geht, mag er sich gedacht haben, wenn er misstrauisch genug war. Gingen sie Hand in Hand, Arm in Arm, oder war dies, wie ich vermute, eine eher sachliche Verabredung?

Was hast du getan? Warum? Du hattest doch eine Frau, die Gold wert ist, um die du einen hölzernen Käfig hättest bauen können, fein verziert, dein Meisterwerk. Eine Frau, für die man sorgt, für die man alles tut.

Aber ich verstehe es schon. Sie ist kalt.

Sie ist kalt, aber so begehrenswert wie sonst nichts. Hast du es für sie getan? Abgedrückt, sechzehn Mal, mit Zeit zum Nachdenken wohlgemerkt, während des Nachladens. Aber weiter im Text. Eine Frau wie sie kann man nicht ignorieren, verlassen oder vergessen. Diese Geliebte muss eine herbe Enttäuschung für dich gewesen sein. Oder doch nicht? Ich habe von so etwas keine Ahnung, das gebe ich gern zu.

Ich setze mich auf einen der flachen Steine, die im hohen, vertrockneten Gras liegen. Mit der Sonne im Rücken und dem kräftigen Wind im Gesicht sehe ich hinüber zu den sieben neuen Mühlen. Nach einer Weile fällt mir auf, dass sich eines der Windräder, das mittlere, ziemlich ruckartig dreht. Der Rotor stockt immer wieder, irgendetwas bremst ihn, er kann nur mit Mühe das Tempo halten. Das schleifende Geräusch, das zu hören ist, muss aus dieser Mühle kommen.

Wie ist das möglich? Bei einer so hoch entwickelten Technik? Wenn nicht einmal die neuen Mühlen vollkommen sind, was bleibt uns dann noch?

Ich lege mich hin. Diese Entscheidung treffe ich kaum selbst – die Müdigkeit zieht mich zu Boden, sodass es mir nicht gelingt, sitzen zu bleiben. »Nur kurz verschnaufen«, sage ich leise. Ich verfluche das Alter, das dafür sorgt, dass mich sogar ein harmloser Spaziergang wie dieser Mühe kostet. Das Alter, habe ich festgestellt, ist ein idealer Sündenbock, es eignet sich hervorragend dafür, schuld an allem zu sein, und vielleicht ist es das tatsächlich. Trotz der brennenden Sonne und des scharfen Windes fällt es mir leicht einzuschlafen.

Die Luft im Schlafzimmer ist stickig, beinahe flüssig. Neben mir die nackte Frau, halb bedeckt vom Laken, die Augen geschlossen. Sie ist genauso alt wie ich, das verraten die Falten, aber sie ist schön. Sie ist weich und verletzlich. Ich streichle ihre Kehle, die Schläfen, die Innenseite ihrer Schenkel. Ich bin jung, und alles ist möglich.

Sie ist anspruchsvoll. Sie will alles. Mit weniger als vollständiger Unterwerfung gibt sie sich nicht zufrieden. Sie saugt mich aus wie eine Spinne ihre Beute. Ich betrachte das als ein Zeichen von Zuwendung: Sie macht sich die Mühe, mich auszusaugen. Ihre Wahl hätte auch auf jemand anderen fallen können. Ich bin auserkoren. Ich stehe ihr uneingeschränkt zur Verfügung.

Ich streichle ihre Kehle, lasse die Hand dort ruhen, um die Zartheit ihrer Haut zu spüren. Die andere Hand schiebe ich unter ihren Nacken. Die Fältchen in den Augenwinkeln, um den Mund und zwischen den Brüsten rühren mich maßlos, ohne dass ich weiß, warum. Als ich für den Bruchteil einer Sekunde Druck ausübe, öffnet sie die großen Augen.

»Gehst du noch manchmal zur Mühle?«, fragt sie. Sie hat keine Angst, sie hat vor nichts Angst. Sie weiß genau, wozu ich in der Lage bin und wozu nicht. »Wie ist es dort?«

Sie liest mich wie ein offenes Buch. Sie liest mich, wie du diesen Bericht liest, alter Freund, nur begreift sie viel mehr als du. Ich kann ihr nichts verheimlichen und nichts verweigern.

Ein lautes Knirschen lässt mich hochschrecken. Ich sehe nach oben, gerade noch rechtzeitig, um zu beobachten, wie sich der Rotor der mittleren Mühle losreißt und in einem hohen Bogen durch die Luft fliegt. In der Sonne scheinen die wirbelnden Blätter Funken zu sprühen, blaue, eiskalte Funken. Das Schwirren der Blätter klingt bemerkenswert ruhig, zielgerichtet. Als das riesige Ding – ich sehe erst jetzt, wie groß es eigentlich ist – seinen höchsten Punkt erreicht hat, hoch über dem dünnen Pfeiler, der von der mittleren Mühle übrig geblieben ist, hält es kurz inne, als würde es nach einem Ziel Ausschau halten. Es neigt sich zur Seite und kommt im Sturzflug direkt auf mich zu.

Die Götter haben es auf mich abgesehen. Das Urteil ist gefällt und wird unverzüglich vollstreckt. Ich würde am liebsten auf die Knie fallen und mich mit ausgebreiteten Armen in mein Schicksal ergeben. »Ich bin bereit«, murmele ich. Doch im selben Moment springe ich auf und renne um mein Leben. Wie immer siegt die Feigheit, wie immer ergreife ich die Flucht.

Der Stern, der kurz vor Erreichen seines Ziels wieder in die Senkrechte zurückkippt, schlägt genau an der Stelle ein, an der ich wenige Augenblicke zuvor noch schlief, neben dem Stein, auf dem ich gesessen habe. Eines der Blätter bohrt sich mit der Spitze tief in den ausgetrockneten Boden, mit einem derart durchdringenden, singenden Ton, dass ich mir die Ohren zuhalten muss.

Ich bleibe keuchend stehen. Der Rotor zittert noch, er steht kerzengerade im leeren Feld, ein Blatt im Boden, die beiden anderen in der Luft, zwei beschwörend ausgestreckte Arme. Ein riesiges Y, das sich blendend weiß gegen den blauen Himmel abzeichnet. Ein modernes, stilisiertes Kreuz. Jetzt muss man nur noch einen Freiwilligen dafür finden.

Die Stille ist unheimlich, kalte Schauer laufen mir über den verschwitzten Rücken. Minutenlang bin ich wie gelähmt. Dann gehe ich langsam auf den Rotor zu, der inzwischen bewegungslos der Dinge harrt, die da kommen werden.

Das war wahrscheinlich meine letzte Chance auf einen schönen Tod, überlege ich. Jetzt wird das Ende so sein wie der Rest: schlicht und unspektakulär. Wer nicht sehr gut aufpasst, bekommt es nicht mit. Es ist vorbei, bevor du etwas gemerkt hast. Nicht einmal eine Anzeige in der Zeitung, keine Blumen, kein Besuch, ein Loch im Boden, das gehört gerade noch dazu, widerwillig gegraben, nur weil das Gesetz es vorschreibt. Vielleicht ein Stein darauf, damit die Würmer nicht sofort nach oben kommen, vielleicht aber auch nicht. Es ist kein großer Verlust.

Als ich mich vorsichtig nähere, sehe ich, dass der Rotor sich sachte im Wind bewegt, der noch immer kräftig, beinahe stürmisch ist. Ich überlege, dass ein Bolzen gebrochen sein muss, irgendein Verbindungsstück. Es ist schwer vorstellbar, denn der

Apparat direkt vor mir, der mindestens fünf Meter hoch sein muss, ist nicht nur von einer überirdischen Eleganz, sondern auch unglaublich stark. Das Blatt, das im Boden steckt, ist kerzengerade, bis auf die Krümmung, die dafür sorgen soll, dass möglichst viel Wind eingefangen wird. Der Stahl ist nicht verbogen, es sieht so aus, als wäre der Rotor mit der größtmöglichen Vorsicht hier platziert worden, ein futuristisches Kunstwerk, das von seinem stolzen Schöpfer bewacht wird. Ein Bolzen also, eines der prosaischen Details, notwendig, aber hässlich, eingebaut von einem nachlässigen Mechaniker und danach schlecht oder gar nicht gewartet. Eigentlich gefährlich. Bevor man daran denkt, geschieht ein Unglück.

Ich halte die Hände dicht über den weißen Stahl. Ich spüre nichts. Er müsste doch heiß sein, nachglühen von der Geschwindigkeit, die er gerade eben noch gehabt hat, von der Wut, die ihn beherrscht hat. Ich betrachte die sechs Windräder, die noch intakt sind und sich unverdrossen weiterdrehen. Die einzelnen Blätter sind mit dem bloßen Auge nicht zu erkennen. Jeder Pfeiler trägt einen weißen, runden Schleier. Die einzigen, fest verankerten Wolken am leuchtend blauen Himmel.

Ich lege die Hände auf das Rotorblatt. Es ist so kalt, dass ich zusammenzucke. Als würde ich an einem heißen Sommertag die Füße in einen Eimer mit eiskaltem Wasser tauchen. Ich hätte es mir denken können. Unbeeindruckt. Überlegen. Kühl. Ich drehe mich um, lehne mich rücklings gegen den herabgestürzten Himmelskörper und denke nach, ohne zu einem Ergebnis zu kommen. Das weite Feld, der Deich am Horizont und die sechs wild mahlenden Mühlen vor dem unendlichen Blau des spätsommerlichen Himmels. Ich passe nicht in dieses erhabene Bild.

23 Schmerzhafte Schlussfolgerungen | Pension

Ein größerer Gegensatz zu meiner Witwe war kaum vorstell
bar. Meine Assistentin war kräftig, unkompliziert und jung. Sie
machte mich nachdenklich. So einfach konnte es also auch sein.
Ich hatte Mühe, mit meinen Gedanken bei der Arbeit zu bleiben.

Sie bewegte sich zwischen den Trennwänden, die das Skelett
des Großraumbüros bildeten, nicht wie auf Rädern oder auf einem Rollband, wie man es von Flughäfen kennt, so fließend
ging es sicher nicht, eher schwerfällig und ruckartig, aber doch
wie von selbst, wie von außen angetrieben. Es sah überhaupt
nicht so aus, als würde sie die Schritte selbst steuern, als würde
sie bewusst zuerst den breiten linken Fuß nach vorne setzen, ihr
ganzes Gewicht darauf verlagern, und anschließend den rechten.
Ich betrachtete sie fasziniert. Wie sie zur Kaffeemaschine und
wieder zurückging. Zur Toilette und zurück. Zur miefigen Kan-
tine und zurück. Am Ende des Tages zur Garderobe und dann
nach Hause. Sitzen, aufstehen, schweigen, reden. Als wäre es
nichts.

Was sie von den meisten anderen Menschen unterschied, war
ihre Unbekümmertheit. In der Stadt, und somit in der ganzen
Welt – nehme ich an –, gingen alle gebeugt, als hätten sie eine

unbestimmte, aber deshalb nicht weniger schwere Last zu tragen. Meine Assistentin war anders. Sie machte sich keine Sorgen. Ihr Äußeres, obwohl gepflegt, interessierte sie wenig. Eine Beleidigung, wie sie mir ab und zu herausrutschte, oder ein Kompliment, das sie zweifellos auch manchmal bekam: Es schien, als hörte sie nichts. Sie war mit sich selbst im Reinen. In gewissem Sinne war sie eine perfekte Frau.

Auch ich näherte mich der Sorglosigkeit, aber von der anderen Seite. Stapelt man die Sorgen hoch genug, entsteht eine Art Sorglosigkeit – ich hatte versprochen, darauf zurückzukommen, und meine Versprechen halte ich, wenn ich daran denke.

Mein ganzes Leben lang hatte ich mir Sorgen gemacht, weil sich das nun einmal so gehört. Und was hatte es mir gebracht? Stillstand. Die Funktion von Sorgen besteht darin, den Status quo zu sichern. Man setzt sich unter Druck, weil man seine Arbeit verlieren könnte, anstatt sich über eine mögliche neue Stelle oder, noch besser, über die Freiheit zu freuen. Komme ich mit meinem Gehalt zurecht? Spare ich genug für ein sorgloses Alter? (Die letzte Frage wird selbstverständlich negativ beantwortet. Wer spart, kann von Natur aus nicht sorglos sein.) In plötzlicher Erregung beschloss ich, meine Pension der Sorglosigkeit zu widmen. Ich würde frei sein, nicht ständig über die Folgen meines Handelns nachdenken – und dadurch endlich zum Handeln kommen. Mir wurde klar, dass ich schon damit begonnen hatte. Meine Pension war gierig, sie versuchte mich jetzt schon, mit vierundsechzigeinhalb Jahren und geistig jung geblieben, auf ihre Seite zu ziehen. Ich gab nur zu gern nach. Es kam, wie es kommen musste.

Meine Assistentin also, bei ihr war ich stehen geblieben, schien sich keine Sorgen zu machen. Zu dumm oder zu oberflächlich, dachte ich folgerichtig, aber später war ich mir dessen nicht mehr so sicher. Manchmal schien es mir, als würde sich in ihren klaren Augen Verstand verbergen, als würde sie alles sehr wohl durchschauen, aber einfach nicht das Bedürfnis haben, dies ständig zu zeigen. Kurz, der ideale Mensch. Der Endpunkt der Evolution. Ein Endpunkt, besser gesagt, schließlich gibt es auch noch den Mörder.

Ich würde sie zur Mühle mitnehmen und ihr alles zeigen. Das hatte sie verdient. Mit den simplen Tätigkeiten, die ich ihr ständig auftrug, nur um sie für eine Weile loszuwerden – eigentlich genau so, wie man mir diesen Mordfall aufgehalst hatte –, war es jetzt vorbei. Ich würde sie umfassend in den Fall einweihen, absolut nichts unterschlagen. Vielleicht konnte sie mit ihrer überlegenen Schlichtheit Dinge ans Licht bringen, die ich übersah, weil sie zu offensichtlich waren.

Meine Pension näherte sich mit raschen, hinterhältigen Schritten, ich hatte es eilig. Die Bedeutung dieses Berichts würde von der Rekonstruktion des Mordes abhängen. Das war meine letzte Chance, und sie würde dabei sein.

Dann meine Witwe. Sie war unerreichbar, aber ich konnte nicht anders, als ihr zu folgen. Ich stolperte über meine eigenen Füße, verstrickte mich in den Netzen, die sie spannte, ich fiel zurück und holte wieder auf, wenn sie plötzlich stehen blieb, ohne dass ich es mir erklären konnte. Jedes Treffen – ein wöchentliches Ritual, eine Audienz – begann als Verhör und endete im Schlafzimmer. Sie horchte mich aus, nicht umgekehrt. Ich war machtlos, und ich genoss es. Ich würde bei ihr bleiben, bis sie mir den Laufpass gab. Ich würde alles für sie tun, auch wenn es gegen meine Prinzipien oder das Gesetz verstieß.

Sie verlangte viel. Merkwürdige Dinge, nur um mich zu testen und ihre Macht zu demonstrieren. Von der Packung Zucker, die sie gar nicht brauchte, bis zu Tätigkeiten im Schlafzimmer, die ich lieber für mich behalte, vom Diebstahl offizieller Dokumente bis zur Anschaffung einer Schusswaffe – was auch immer sie forderte, ich gehorchte. Es schienen meine eigenen Entscheidungen zu sein. Die Pistole erdrückt mich allmählich. Als würde ich sie auf den Schultern tragen, ein Joch, an dem zwei Eimer mit schwerem Inhalt hängen. Zwei Eimer mit je acht Kugeln.

Ich muss sie loswerden. Ich muss eine große Tat vollbringen, die erste und wahrscheinlich letzte meines Lebens. Deshalb muss es eine große, endgültige Tat sein. Ich muss diesen Mordfall lösen. Ich meine nicht im juristischen Sinne, Kommissar, das interessiert mich immer weniger. Ich spreche von der Wirklichkeit.

Der schwere Gegenstand aus Metall in meiner Rechten, die Kälte, die davon ausgeht, die reine Kraft. Überall Gewalt, lauter Tod. Ein Gegenstand aus einer anderen Welt. Vielleicht lebt er, ist eine Lebensform, die wir nicht kennen, für die wir ebenso unergründlich sind wie sie für uns.

Der Mordfall ist gelöst. Das war der letzte Satz, den ich mir vorgestellt hatte. Wie du siehst, habe ich mir einen anderen letzten Satz überlegt. Es ist etwas dazwischengekommen.

Weißt du, wen ich vergessen habe? Das Opfer – ich meine die Frau, die vor dreißig Jahren ermordet wurde. Vielleicht einfach zu früh gestorben. Eine leere Hülle, ein Mittel zum Zweck, um die schreckliche Handlung voranzutreiben, nicht mehr. Ich habe keine Lust, mich jetzt noch in sie hineinzuversetzen, so wie auch X. langsam aus meinen Gedanken verschwunden ist. Sie sind beide tot, waren von Anfang an simple Charaktere, die mühelos ersetzt werden können. Vielleicht werden ihre Nachfolger – denn das Leben ist ein Karussell und die Illusion von Fortschritt nur aufrechtzuerhalten, indem man die Kirmesbesucher ständig ersetzt – ja weniger langweilig sein. Ich verstehe den Mörder und verliere deshalb das Interesse.

Jetzt muss ich schnell sein.

Ich komme zu einer schmerzhaften Schlussfolgerung: X. ist nicht mehr da. Ich verfolge ihn, doch mein Rückstand wird immer größer. Ich bin Y. Die Tat von X. war eine fürs Leben, zumindest *aus* dem Leben, meine war für die Arbeit – für die gute Sache, hätte ich fast gesagt. Nachahmung. Anmaßung. Nutzloses Gerede.

Sieh zu, Kommissar, was du damit anfängst. Ich rate dir, diesen Bericht, der ein ganzes Buch geworden ist, nach der Lektüre, oder der halben Lektüre, ins Archiv zu schicken. Ein Kürzel an der richtigen Stelle, ein Stempel auf den Umschlag – weg damit. Es steht nichts darin, was neu für dich ist.

Du hast es von Anfang an gewusst, nicht wahr? Ich bin in die Falle getappt. Was hätte ich auch tun sollen: Befehl von oben. Obwohl – hätte ich mich geweigert, hättest du keinen Ärger gemacht. Ich hätte mir das nicht aufhalten lassen müssen, ich hätte diese letzte Chance zum offenen Widerstand ergreifen sollen. Aber wie immer rebelliere ich nur in Gedanken, in der Einsamkeit, wenn niemand es sieht. Werde ich danach gefragt, streite ich alles ab, während der Ekel, der vor allem mir selbst gilt, der sich aber gelegentlich auf andere Fälle ausdehnt, langsam zunimmt. Sobald der Ekel stärker ist als ich, übernimmt er das Kommando. Das sind die Momente, in denen ich zu

Höchstform auflaufe, in denen ich nicht ich selbst bin und tatsächlich handle. In denen ich lebe. Der Ekel tobt sich aus, stirbt ab, und der traurige Kreislauf beginnt von vorn.

Nicht zu handeln ist das Schlimmste. Alle Möglichkeiten bleiben offen. Wer nichts tut, ist schuldig an jedem Verbrechen. Wer handelt, ist schuldig an einem einzigen Verbrechen: an der Tat, für deren Ausführung er sich entschieden hat. Der Triumph des freien Willens über die Nutzlosigkeit. Das Verbrechen ist das Leben. Ich sage es schlicht und deutlich, Kommissar, und verunstalte diesen Bericht damit, aber andernfalls verstehst du mich nicht. Für dich ist alles selbstverständlich. Du lebst – es kommt zwar nichts Besonderes dabei heraus, aber trotzdem.

Es ist seltsam, dass Leben bedeutet, nicht zu wissen, dass man lebt, aber so ist es nun einmal. Der wahre Mensch ist ein Hund, eine Ratte, eine Mücke: Er denkt nicht, sondern handelt. Zum Schluss stirbt er. Der Versuch zu leben ist wie der Versuch zu schlafen: chancenlos. Die Gedanken stehen im Weg. Man muss sich selbst vergessen, um zu leben.

Ende der Abhandlung. Schuldbekenntnis, Erläuterung für die intellektuell Minderbemittelten unter Ihnen – und damit eine Beleidigung für diejenigen, die es längst begriffen haben, ich bitte Sie um Entschuldigung, man kann es nicht allen recht machen – oder die in jedem wissenschaftlichen Text obligatorische Definition der verwendeten Begriffe? Ich weiß es nicht. Suchen Sie sich etwas aus.

24 Kamera | Nahendes Ende

Die Stadt ist ein Fleischmuseum, eine Gruselkammer. Jeder denkt nur an sein eigenes Wohlbefinden und ignoriert die Verachtung der anderen, jeder außer mir. Ich laufe in einem billigen, aber warmen Anzug herum, schweißgebadet, obwohl ich die Jacke über dem Arm trage. Ein alter Mann, ein Rentner. Ich kann die Augen nicht von dem Fleisch um mich herum lassen. Makellos und straff oder wabbelig und über den Hosenbund quellend: Ich studiere alle Varianten, vergnüge mich an dem widerlichen Schauspiel, in dem Lichtblicke selten sind, dafür aber umso mehr auffallen. Es ist tröstlich, zu wissen, dass auch sie bald alt und hässlich sein werden.

Muss denn niemand arbeiten? Kann jeder einfach so auf die Straße gehen, an einem Herbsttag mitten in der Woche, auch wenn er einem Sommertag in tropischen Gefilden ähneln mag? Sieh in den Kalender! Der sagt die Wahrheit. Traue deinen Augen nicht. Der Winter naht. Die Wärme ist nur Schein, eine dünne Schicht Lack über der intensiven Kälte, die der Kern von allem ist.

Vor dem Haus meiner Witwe hat sich ein kleiner Menschenauflauf versammelt. Als ich mich zögernd nähere, sehe ich, dass es sich um ein Kamerateam handelt, das den kleinen Vorgarten vollkommen ausfüllt. Drei oder vier Männer, behängt mit Kabeln, Taschen und Geräten. Meine Witwe steht in der Haustür. Sie glüht. Sie ist in ihrem Element, denn ihr Element ist die Aufmerksamkeit. Sie lächelt in die große Kamera, die auf sie gerichtet ist, spricht pausenlos ins Mikrofon, das ihr unter die Nase gehalten wird. Sie ist die Schönste, das versteht sich von selbst. Als sie mich aus den Augenwinkeln kommen sieht – ich werde mit jedem Schritt langsamer, bin kurz davor, mich umzudrehen –, wirft sie mir, äußerst subtil, einen schnellen Blick zu. Der Kameramann bemerkt es, sieht mich und schwenkt die Kamera in meine Richtung.

Es ist die übliche Zeit, sie weiß, dass ich komme. Wurde sie ausgerechnet in diesem Moment von einem Kamerateam überfallen oder hat sie das so eingefädelt? Sie ist dazu imstande, dessen bin ich mir sicher. Sie würde alles tun, um Aufmerksamkeit zu erregen und ihre unantastbare Position zu stärken. Selbst jemand wie ich kann diesem Ziel dienen, gegebenenfalls sogar das Ziel sein. Sie muss mir zeigen, wie einzigartig sie ist, notfalls durch die Einladung von Kamerateams zu strategisch gewählten Zeitpunkten.

Als ob ich es nicht wüsste. Als hätte ich mich nicht schon geschlagen gegeben. In jeder Beziehung, ob geschäftlich oder emotional, werden die Rollen gleich zu Beginn festgelegt. Sie sind verteilt, noch bevor die Akteure es wissen, und an der Verteilung gibt es nichts mehr zu rütteln, sie ist definitiv. In unserem Fall hat sie das Sagen. Daran besteht kein Zweifel. Es wäre nicht nötig, das immer wieder zu betonen. Ich leiste keinen Widerstand, allenfalls heimlich, wie ein ungezogenes Kind. Was Schönheit und ein bisschen Charme nicht alles erreichen können. Ein simpler Tischler wie X. hatte sie nicht verdient, so viel steht fest. Genauso wenig, wie ich sie verdient habe.

Sobald die Kamera in meine Richtung schwenkt, suche ich das Weite. Das ist nicht klug, läuft es doch auf ein Schuldbekenntnis hinaus, übrigens ohne dass ich weiß, worum es geht, aber ich werde von Panik ergriffen. Das Kamerateam kommt nicht hinter mir her.

Was hat sie alles erzählt? Es spielt keine Rolle, es ist schließlich nicht strafbar, Pläne zu schmieden, sage ich mir. Es gelingt mir nicht ganz, mich zu beruhigen.

Schweigen heißt zugeben, sprechen heißt zugeben, leugnen heißt zugeben. Offensichtlich hat der etwas zu verbergen, ist die automatische Reaktion auf eine leugnende Erklärung. Daraus folgt, dass alles ein Bekenntnis ist. Jede Beschuldigung ist unvermeidlich und für immer wahr. Beschuldige mich, wie du willst, Kommissar, aber verschone mich mit der Wahrheit. Ich leugne nichts.

Das Ende naht, alter Freund. Nur noch ein paar lose Fäden verknoten, hier und da eine kleine Korrektur. Zusammenheften, abgeben, Pension. Es gelingt mir nicht einmal mehr, nervös zu sein, diese Phase habe ich hinter mir. Beurteile es, wie du willst, streng oder milde, sachlich oder mit dem differenzierten Blick des verständnisvollen Mitmenschen. Dieser Bericht ist selbst schon eine Belohnung. Es hat mich erleichtert, ihn zu schreiben.

Oder ich gebe ihn gar nicht erst ab. Es ist schließlich kein Bericht geworden, sondern eine Ansammlung meiner Gedanken. Er umfasst nur wenige Wochen, aber das reicht schon. Er geht niemanden etwas an, und er wird, denke ich, auch niemanden bei der Polizei interessieren. Ich gebe ihn nicht ab, behalte ihn für mich selbst, um bis zum Ende meiner Tage daran zu arbeiten. Ich sehe es vor mir: Ich stehe auf, es ist schon nicht mehr ganz früh, der Morgen ist warm, sonnig und frei, ich frühstücke auf dem Balkon und setze mich danach an dieses Manuskript, das schon auf dem Esstisch bereitliegt. Ich streiche einen Satz hier, ein Wort da, versetze ein Komma, füge einige Randbemerkungen hinzu, lese es immer wieder von Anfang bis Ende. Zum eigenen Vergnügen. Wenn ich im hohen Alter sterbe, in einer Sommernacht, wird meine Witwe, die vorbeikommt, um zu sehen, warum ich sie heute, zum ersten Mal seit vielen Jahren, nicht besucht habe, das Manuskript auf dem Tisch finden, neben einem Stift und einem leeren Schnapsglas. Es wird in den Papiermüll wandern und spurlos verschwinden.

Ich verstehe immer noch nicht, aus welchem Grund ich diesen Auftrag bekommen habe. Die erste Untersuchung des Falles führte bei allen gravierenden Fehlern doch zu der richtigen Schlussfolgerung: X. ist der Mörder. Dass die Beweisführung mangelhaft war, ist nach dreißig Jahren nicht mehr zu ändern. Ich erkenne nicht den Grund, aber das ist mir gleichgültig. Für mich war es eine gute Erfahrung. Es war eine Gelegenheit, mich einigen Dingen zu nähern, die ich bis jetzt auf Distanz gehalten hatte. Das Leben, die Liebe, der Tod, ich selbst – alles mit einer gehörigen Portion Skepsis, aber dennoch war es auf seltsame, verrückte Weise wichtig.

X. ist der Mörder, aber auch ein Stümper. Er wusste nicht, was er tat. Er tat, was er für das Beste hielt. Es wurde ihm aufgetragen, davon bin ich mittlerweile überzeugt. Er war nicht stark genug, um Widerstand zu leisten, aber wer wäre das schon? Ich will ihn nicht in Schutz nehmen, aber ich verstehe ihn. Nicht jeder ist jedem gewachsen – ich formuliere es absichtlich so vage.

Es macht kaum einen Unterschied, ob X. ein kalter, gefühlloser Täter oder vermindert zurechnungsfähig, leicht zu beeinflussen war. Es ist nicht der verjährte, banale Mord, der mich interessiert. Was mich fasziniert, ist ein anderes Verbrechen: zu lieben, sich bei vollem Bewusstsein dafür zu entscheiden zu lieben, sich nicht dagegen zu wehren. Den Verstand zu ignorieren und sich dabei gut zu fühlen. Zu leben, wohl wissend, dass alles nur schlimmer werden kann. X.s Verbrechen war, dass er sich eine Geliebte nahm, und dafür wurde er bestraft. Nicht für den Mord. Der Mord *war* die Strafe.

Ich selbst habe immer die Flucht ergriffen, wenn es überhaupt so weit kam, dass ich die Chance hatte, die Flucht zu ergreifen.

Ich weiß nicht, was du dir vorgestellt hattest, alter, verlorener Freund, aber ich habe mein Bestes getan, um etwas daraus zu machen, wenn auch auf meine Art. Wagst du, mir zu glauben? Das würde ich zu gern wissen.

Seit kurzem befürworte ich die Theorie, dass es keine Rolle spielt, ob man ein Verbrechen begeht oder nur darüber nachdenkt.

Letztens hast du an deinem Schreibtisch gesessen, in deinem Bürostuhl, der ein klein bisschen teurer und bequemer ist als die Stühle, auf denen der Rest von uns sitzen muss, und hast mit einem Kugelschreiber im Ohr herumgestochert. Du hattest mich kommen lassen. Du warst in Gedanken versunken, du wusstest nicht genau, wie du sagen solltest, was du sagen musstest. Ich wartete wie ein ungezogenes Kind auf die Standpauke. Aber ich hatte keine Angst, ich *hoffte* auf eine Standpauke. Ich war schon dabei, mir neue Streiche auszudenken. Ich wartete. Es dauerte lange. Ich wartete noch etwas. Dann machte ich ruhig und ganz selbstverständlich einen Schritt nach vorn und schlug mit der flachen rechten Hand kräftig auf den Kugelschreiber in deinem Ohr.

Ein Traum, nichts weiter. Wie schön ist es, sich etwas zu trauen. Aber du musst wissen, werter Kommissar, was ich denke. Das ist wichtig. In mir steckt mehr, als ich dachte. Vielleicht glaubt das jeder. Eins steht jedoch fest: Ich habe diese letzten Wochen genossen. Die beste Zeit meines Lebens. Ich danke dir mit dem dicksten Bericht, den du jemals von mir bekommen hast, geschrieben in einer ganz anderen Art von Sprache, als du es gewohnt bist. Die Sprache der Wahrheit. Die Sprache der Liebe. Die Sprache des Todes. Voller Bedeutung, so wie Sprache zu sein hat, so wie der *Mensch* zu sein hat. Nicht das leere Beamtengeschwätz, das dir normalerweise vorgesetzt wird.

Ich bin mir sicher, dass du noch nie in deinem Leben freiwillig ein Buch gelesen hast. Vielleicht irre ich mich, das kann natürlich sein.

Ich danke dir nicht. Ich verschwinde lautlos und glücklich. Kein Bericht.

25 Spaziergang | Schluss

Der Fall wird mir entzogen. Als ich im Büro erschien, hast du
mich sofort zu dir rufen lassen – so etwas tust du nicht selbst,
du lässt es tun. Du hast mit dem Kugelschreiber im Ohr herumgestochert, mit demselben Ende, auf dem du den ganzen
Tag zuvor gekaut hast, als wäre der Kugelschreiber ein Knochen
und du ein Hund, und hast mir erklärt, dass ich mit sofortiger
Wirkung suspendiert sei. Es handle sich um eine Vorsichtsmaß
nahme, die dazu diene, mich zu schützen und in der Öffentlichkeit ein Zeichen zu setzen, der Kodex, der für alle Staatsbe-
diensteten verbindlich sei, zwinge ihn zu dieser Maßnahme, die
befristet sei und sicher nicht zur Entlassung führen werde, meine Pension sei nicht gefährdet, und niemand im Büro glaube
auch nur ein Wort von den Anschuldigungen, das sei doch
selbstverständlich.

Aber ich dachte überhaupt nicht an meine Pension. Ich war
begeistert. Endlich, nach über sechzig Jahren Mittelmäßigkeit
und Bravheit, Grau und Gehorsam von der Schule geflogen.

Natürlich gab es praktische Probleme, zum Beispiel wollte ich
nicht, dass meine Assistentin es schon an diesem Morgen erfuhr,
einem Morgen, für den ich große Pläne hatte. »Wir gehen«,
sagte ich. Wir gingen. Es gab also praktische Probleme, aber ich
strahlte vor Freude und Stolz. Ich hatte meine letzte Chance ge-

nutzt. Zumindest *einen* Vermerk würde ich in den Annalen der Kriminalpolizei hinterlassen.

Es hatte auf der Titelseite gestanden. Dass ich das noch erleben durfte – ich auf der Titelseite! »Kriminalbeamter persönlich in Mordfall verwickelt.« »Interessenkonflikt.« »Verdächtige Beziehung.« Jetzt wusste ich, was meine Witwe der Presse erzählt hatte, wie sie es geschafft hatte, sie zu ihrem Haus zu locken.

Ich verstand das sehr gut. Sie erhöhte den Druck. Ich musste nicht nur tun, was ich vorhatte, sondern ich musste es auch schnell tun, bevor sie mich erwischten. Die Medien, meine ich, nicht mein geschätzter Arbeitgeber. Der würde zunächst eine ausführliche Untersuchung einleiten, deren Ergebnis ich mit größter Gelassenheit abwarten konnte, denn offizielle Stellen haben eine so ausgeprägte Neigung, alles unter den Teppich zu kehren, dass ich wenig zu befürchten hatte. In jedem Fall wäre ich längst pensioniert, bevor sie so weit wären, dass sie mich entlassen könnten. Die Mühlen der Behörden. Ich musste mich lediglich auf eine eventuelle Hausdurchsuchung einstellen. Meine Pistole würde ich woanders aufbewahren müssen, bei meiner Witwe zum Beispiel, die von Natur aus über jeden Verdacht erhaben ist. Ich würde zu ihr zurückkehren wie der Täter zum Tatort, heimlich, immer wieder, und nie würde ich ihr etwas übelnehmen können.

Die Presse war es, die mich bei meinem Vorhaben stören könnte. Ich musste und würde diese Untersuchung abschließen, mein letztes, mein erstes Meisterwerk, und ich konnte keine Beobachter dabei gebrauchen. Noch ein Gang zur alten Mühle, dann Bericht erstatten, erst zitternd vor Stolz bei meiner Witwe, die mir zufrieden über den Kopf streichen wird, dann triumphierend, mit dem breitesten Grinsen, das du jemals in meinem

Gesicht gesehen hast, bei dir, Kommissar, meinem direkten Vorgesetzten, wie man so sagt. Meine Suspendierung wird mich
kaltlassen.

»Wir gehen«, sagte ich. Wir gingen.

Ich nehme den üblichen Umweg, und sie folgt mir gehorsam.
Ich gehe durch die Stadt wie betäubt, als hätte ich eine Decke
oder zumindest eine Strumpfmaske über den Kopf gezogen, ich
genieße es mit den vollen, gierigen Zügen des Lebenslustigen,
des Bohemien. Ich verlasse die Stadt selten, von Besuchen im
Ausland ganz zu schweigen, deshalb kenne ich es nur vom Hö-
rensagen, aber es ist so, wie es ist: Ich lebe das volle Leben. Mit
unsicherem Ausgang, wie sich das gehört. Ich rede pausenlos.

»Das ist mein altes Haus«, sage ich. »Durch diese Straße ging
ich jeden Morgen zur Schule.« Ich zeige ihr das Haus. Ich bin
stolz. Auf nichts, denn jeder hat ein Haus, in dem er früher einmal gewohnt hat, aber das interessiert mich nicht. Es ist ein
schöner Tag, und mir ist beinahe fröhlich zumute. Es ist ein
wichtiger Tag. Das Ende der Untersuchung und das Ende meiner Laufbahn stehen unmittelbar bevor, und das ist gut so. Was
endet, hat existiert. Zur Sicherheit gehe ich zu meiner alten
Schule und wieder zurück. Sie folgt mir, wie es noch nie ein
Mädchen getan hat.

Als ich den Weg zur Mühle einschlage, merke ich, dass ich
müde bin. Die Beine tun weh, das Atmen fällt mir schwer. Ich
spüre den ganzen Körper. Den Schnitt in der linken Hand, der
gut gelungen ist, der eine schöne, dicke Narbe zurücklassen
wird. (Ein Glas fallen gelassen, sagte ich, und in einem Reflex
versucht, es aufzufangen. Alle glauben mir. Niemand kennt
mich.) Meine Lunge, die wund ist von den Hustenanfällen, die

mich nachts wach halten, aber tagsüber zum Glück viel seltener sind. Meinen Kopf, in dem es pocht und hämmert, als wäre er ein Herz. Mein Herz, das alt ist, das Mühe hat, mit sich selbst Schritt zu halten.

»Ich lebe in meinem Körper«, sage ich zu meiner Assistentin, »der seinerseits in der Stadt lebt.« Ich nicke. Ich habe recht. Ich sehe sie an, um festzustellen, ob sie versteht, was ich sage. »Es stellt sich heraus, dass ich in meinem Körper stecke. Dort hatte ich nie gesucht.« Sie reagiert nicht.

Als wir die Stadt fast hinter uns gelassen haben – wir sprechen schon seit geraumer Zeit nicht mehr, ich, weil mir die Luft ausgegangen ist, sie aus unbekannten Gründen, die zweifellos wenig tiefsinnig sind –, bleibe ich stehen. Es dauert einige Minuten, bis ich den Mut finde, weiterzugehen. Mir wird bewusst, dass mein Aktionsradius abnimmt. Erst langsam, in jedem Jahrzehnt, jedem Jahr, jetzt beinahe jeden Tag. Auch das ist das Alter. Es gehört genauso dazu wie die wachsende Einsicht, die zu einer Liste von Dingen führt, die noch getan, repariert, begonnen, rückgängig gemacht, nachgeholt werden müssen. Gleichzeitig nimmt die zur Verfügung stehende Zeit ab – das liegt auf der Hand, aber man neigt dazu, es zu vergessen. Folglich wird die meiste Zeit vergeudet. Es wird wohl eine Absicht dahinterstecken.

»Wir haben es eilig«, sage ich. »Komm.« Sie kommt.

Wir nehmen den überwucherten Weg. Das hohe Gras ist durch die anhaltende Trockenheit und Hitze gelb und zäh geworden, die unregelmäßig verteilten Trittsteine weisen Risse und Flecken auf. Es ist der wärmste Tag des Jahres. Nicht einmal im Sommer war das Wetter so schön – auch wenn es vielleicht an der Zeit ist, andere Begriffe zu verwenden. Es ist zu schön, zu warm. Meine Assistentin, die mit einem kräftigen Körperbau gesegnet ist, schwitzt noch stärker als ich, falls das überhaupt möglich ist. Sie glänzt, läuft rot an, ist wunderschön. Sie keucht, genauso wie ich.

Ab und zu bleibe ich stehen, um zu verschnaufen, aber auch, um einen Blick auf die Reihe der neuen Mühlen zu werfen. Die mittlere hat ihre Krone verloren. Ich sehe unauffällig zur Seite, um festzustellen, ob meine Assistentin es bemerkt. Sie zeigt keine Reaktion. Sie ist jemand, der nicht imstande zu sein scheint, jemals in Erstaunen zu geraten. Mitten auf dem ausgetrockneten Feld steht ein weißes Y. Unser Weg führt direkt dorthin, danach weiter zur alten Mühle, die im Gegenlicht kaum zu erkennen ist.

»Schau mal«, sage ich und zeige geradeaus. Sie schaut.

Wir gehen langsam weiter, bis wir bei dem herabgestürzten Rotor sind, der immer noch aufrecht und stolz dort steht. Morgen wird er weggeräumt werden, vermute ich, aber jetzt ist er noch da. Ich gehe beinahe ehrfürchtig auf ihn zu und berühre das weiße Metall. Es ist kalt. Der Rotor hat stundenlang in der prallen Sonne gestanden, aber er hat sich davon nicht beeindrucken lassen. Er wartet ruhig auf seine Bestimmung.

Ich drehe mich zu meiner Assistentin um. »Meiner«, sage ich, während ich liebevoll auf das Metall klopfe. Sie betrachtet mich befremdet – also kann man sie doch in Erstaunen versetzen. Es ist nicht leicht, aber mir ist es gelungen. Ich lehne mich mit dem Rücken gegen das abgestürzte Ungetüm, sehe meiner Assistentin fest in die Augen und breite die Arme aus. »Zu groß.« Ich denke daran zu lächeln. »Schade.«

Als wir weitergehen, fällt mir auf, dass sie noch kein einziges

Wort gesagt hat. Seit wir die Dienststelle verlassen haben, was sicher schon ein oder zwei Stunden her ist. Weiß sie über meine Suspendierung Bescheid? Unmöglich, dann wäre sie nicht mitgekommen. Ich betrachte sie aus den Augenwinkeln. Sie schwitzt, ist müde, hat vielleicht genug von dem anstrengenden Spaziergang, aber da ist noch etwas. Sie wirkt beunruhigt. Dafür gibt es einen guten Grund. Soll ich ihn ihr verraten? Ich beschließe zu schweigen.

Wir erreichen die baufällige Mühle, die unter der Last der Sonne stöhnt wie ein alter Mann, und lassen uns erschöpft auf die kleine Treppe sinken, die im Schatten liegt. Ich wische mir den Schweiß aus den Augen und blicke über das verbrannte Feld zu den sieben schneeweißen Windrädern, sechs einteilige und ein zweiteiliges. Meine Assistentin sitzt neben mir, abwartend, erhitzt, verloren. Sie ist schön.

Vielleicht kann ich sie aufmuntern. Langsam bekomme ich ein schlechtes Gewissen. Mit einer schwungvollen Geste, bei der es mir gelingt, die Müdigkeit fast vollständig zu überspielen, mit der Geste eines jungen Mannes, der bereit ist, mit dem Leben zu beginnen, hole ich die Pistole heraus. »Schau mal«, sage ich, nicht zum ersten Mal an diesem Tag, »so eine war es. Mit genau so einer Pistole wurde der Mühlenmord verübt.« Ich bin stolz wie ein Kind auf mein glänzendes Spielzeug. »Acht Kugeln.«

Sie macht Anstalten aufzustehen. Ich lege ihr die Hand aufs Knie, um sie zurückzuhalten. »Nicht nötig. Wir haben genug Zeit. Noch ein paar Minuten ausruhen. Ich bin ein alter Mann, musst du wissen, auch wenn man mir das vielleicht nicht ansieht.« Ich lächle sie an, doch sie reagiert nicht. Sie blickt starr geradeaus, in Richtung der Windräder. Wächter von einem fernen Planeten aus Eis, die hier gelandet sind, um uns zu beobachten.

»Faszinierend«, fahre ich fort. »Findest du nicht?« Keine Antwort. »Es ist wichtig, darüber nachzudenken, sowohl bei der eigentlichen Tat – wir können nur raten, ob X. tatsächlich nachgedacht hat, ich will es zumindest hoffen – als auch bei der Rekonstruktion.«

Mir fällt auf, dass mein Tonfall zunehmend demjenigen eines Lehrers ähnelt, der den Glauben an seine Kinder schon fast verloren hat fast, aber noch nicht ganz. Ich kann nichts dafür. Ich rede weiter.

»Der eigene Kopf ist am einfachsten zu treffen, das versteht sich von selbst. Es ist allerdings am schwersten, auch tatsächlich abzudrücken. Was ist die größere Herausforderung? Der eigene Kopf oder der eines anderen? Abdrücken oder zielen? Eine komplizierte Frage.« Ich warte, aber es kommt keine Antwort. »Nun? Was meinst du?«

Endlich sieht sie mich an. »Hier«, sage ich. Ich setze die Pistole an meine Schläfe. Ich sehe das Erstaunen in ihren glanzlosen Augen, ein Irrlicht auf der Suche nach einem Ausweg, den es nicht gibt. »Oder hier.« Ich ziele auf meine Stirn. »Hier.« Mein Herz, mein wild schlagendes Herz. »Oder …« Ich nehme die schwere Pistole mit beiden Händen und richte sie auf die verschwitzte Stirn meiner Assistentin, ohne zu zittern. Sie zuckt zusammen, wird kreidebleich.

Ich breche in Gelächter aus. »Komm, wir gehen hinein.« Ich lasse die Waffe sinken und stehe auf. Der linke Arm baumelt schlaff an meinem alten Körper, die Pistole liegt lose in der verletzten Hand. Ein Stich in der Brust lässt mich die rechte Hand aufs Herz legen. Ich folge meiner Assistentin in die stickige

Mühle. Sie sieht sich ängstlich um, als suchte sie etwas. Seufzend steige ich die letzten Stufen der Treppe hinauf. Ein Versprechen liegt in der Luft – und eine unendliche Müdigkeit.